我的第一本
印尼語文法

INDONESIAN
Grammar in use!

用功！＿靠 **印尼語文法** 讓對話更流利

　　俗話說：「只要踏上過印尼的土地，便會再度造訪。」全年無休的和煦陽光，令人心曠神怡的傾盆大雨，居民們隨時隨地笑臉迎人的面容。印尼這個國家，的確擁有難以一語道盡的無窮魅力呢。印尼的人們以「知足常樂的心態」與包容體諒的「寬大精神」處世，不太有莫須有的貪念。他們單純且快活的人生，也忠實地反映在他們的語言上。

　　印尼語的文法體系並不複雜，任何人都能夠輕鬆學習。稍微接觸過印尼的人，大概都會覺得「印尼語文法是不需要學習的」。其中一個原因便是口語和書面語的不同。而本書不只是著眼在這一點，連讀寫印尼語時所必備的文法，也都以基礎到進階分段統整好了。用多樣化的例句來學習，打好文法基礎後，不論口語或書面語全都能夠正確且流利地表達出來。就讓我們大大方方地踏上印尼土地吧！

　　誠摯感謝負責校對的印尼 Gadjah Mada 大學 Suray Agung Nugroho 教授與 Diana Paramitha Rachman，因為他們，讓《我的第一本印尼語文法》這本書變得更好。另外還要感謝 Digi 金仁淑室長和金泰妍次長在書出版前陪著我一起苦思，激發我的著作能量。

作者　閔善熙

CONTENTS

本書的架構與用法

CHAPTER 1
發音篇

本篇可了解印尼語的母音、子音以及發音。
印尼語的字母由拉丁文字標記，有21個子音與5個
母音，總共26個字母所組成。

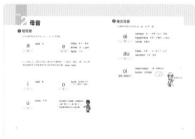

CHAPTER 2
基本篇

簡單的例句與單字

正式開始學習印尼語之前，先利用簡單的例句與單字
來打好基礎吧！
用完整的句子來學習更有效果喔！

印尼文化

除了語言習慣之外，書中還介紹了生活中時常會接觸
到的當地文化。
一但理解了當地文化，學習語言也變得更簡單，更有
動力。

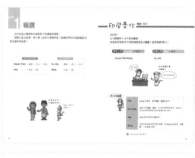

CHAPTER 3
詞綴篇

分章節統整

本篇將詞綴的文法意義統整起來，透過代表性的例句
讓學習者確實熟悉其用法。詞綴是印尼語拼寫上不可
或缺的文法項目噢，一定要弄懂。

進階

基本文法都熟讀後，不妨試著挑戰一下更困難的文法
吧。
讓學習者享受高水準語言生活的精選文法都在這裡。

CHAPTER 4
文法篇

分章節統整

文法是熟練且正確地應用語言時所不可或缺的「重要骨
架」。故本篇準備了大量的文法以供學習。
書中設計讓你熟悉各種句型文法後還能學習到更多語彙
真的是錦上添花呢！

生動的語彙

憑著實用性高的例句來學習日常生活隨時會使用到
的語彙。

CHAPTER 1

發音篇

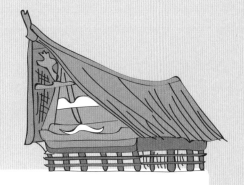

 印尼語使用的是拉丁文字。

1 字母 Abjad

字母很重要，一定要記熟喔！

字母	發音	字母	發音
A a	啊	H h	哈
B b	ㄆㄟ	I i	一
C c	ㄗㄟ	J j	ㄘㄟ
D d	ㄊㄟ	K k	ㄍㄚ
E e	ㄝㄜ	L l	ㄟㄦ
F f	欸富 [éf]	M m	ㄝm
G g	ㄎㄟ	N n	ㄣ

字母	發音	字母	發音
O o	ㄡ	U u	ㄨ
P p	ㄅㄟ	V v	ㄈㄟ [fě]
Q q	ㄍㄧ	W w	ㄨㄟ
R r	ㄦ	X x	欸克絲
S s	ㄝs	Y y	一ㄝ
T t	ㄉㄟ	Z z	塞特

• 印尼語的文字使用的是源自拉丁文字的英文字母，有21個子音與5個母音，總共26個字母組成。

11

2 母音

❶ 短母音

印尼語的短母音有 a、e、i、o、u 等5個。

a
阿

· ada　有

e
ㄝ、ㄜ

· méja　桌子、書桌
· emas　金（英 gold）
· kerja　工作

é[ㄝ]與e[ㄜ]之間沒有區分發音的音韻規則，只能見一個記一個。所以學習每個新單字時都要參考字典來熟記發音喔。meja / méja

i
一

· nasi　飯

o
ㄡ

· soré　較晚的下午
　（下午 3 點後～日落時）

u
ㄨ

· susu　牛奶

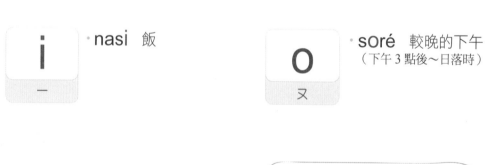

印尼語的 O 有兩種，比較接近中文的「噢（ㄡ）」和「喔（ㄛ）」，但是發音時沒有太大的差別。

❷ 複合母音

代表性的複合母音有 ai、au、oi 等三種。

ai
ㄞ

- sampai　到～（時間）為止、到達
- bagaimana　如何、怎樣的（英 how）
- ramai　混亂的

au
ㄠ

- kalau　如果～、在～狀況下（英 if）
- saudara　兄弟、姐妹

oi
奧意（需連音）

- sepoi-sepoi　（風）輕輕地吹
- boikot　拒買運動

風輕輕吹來~

13

3 子音

印尼語沒有無聲子音，與英語不同。

❶ 短子音

b
ㄅㄟ

· bumi　地球
· jilbab　（穆斯林女性圍在頭上的布）穆斯林頭巾

c
ㄗㄟ

· Cari　找

d
ㄊㄟ

· dasi　領帶
· masjid　伊斯蘭寺院

f
欸富

· maaf　對不起

g
ㄍㄟ

· gaji　月薪

h
哈

- mahal 貴
- murah 便宜

j
ㄘㄟ

- jamu 印尼傳統藥草或飲料

k
ㄍㄚ

- kaki 腳、腿
- budak 奴隸

l
ㄟㄦ

- halal 符合伊斯蘭戒律的

  halal 這個字經常出現在餐廳菜單或外賣熟食、化妝品的標示上，表示該產品不含有任何違反伊斯蘭戒律的成分。

- lupa 忘記

發音Tip

誤讀為 rupa 時就會變成**模樣**、**形狀**的意思。

符合伊斯蘭戒律的食物

m
εm

- madu 蜂蜜
- demam 發熱

n ㄋ
- noda 斑點、汙漬
- makan 吃

p ㄅㄆ
- pagi 早晨
- cukup 充足的
出現在尾音時發ㄅ音。

q ㄍㄧ
在固有印尼語中不常使用，主要出現在源自阿拉伯語的外來語中。
- Al-Quran 可蘭經

masjid 伊斯蘭寺院

r ㄦ
- Rabu 星期三
- tidur 睡覺

發音Tip
先做出「兒」字發音的嘴型，不要發出聲音，再將**舌頭往上顎方向捲**，試著發出「兒」的捲舌音。

s ㄙ
- Senin 星期日
- Kamis 星期四

發音Tip
出現在尾音時發音與英語中的 nice 相同。

t

ㄉㄟ

- teman　朋友
- Jumat　星期五

出現在尾音時發 t 音。

v

ㄈㄟ

[fé] 的發音與英語的 f 相同。

- visi　展望

W

ㄨㄟ

依後方連接的母音不同而分為 wa、wi、wo 等三種發音。

- waktu　時間
- wisata　觀光

eks 是印尼語的正確拼寫法，但實際生活中使用時也可以寫做 ex。含 x 的外來語在變成印尼話之後，字典裡會將原文的 x 改為 eks（故 x 即等同 eks），例如（英文）export →（印尼文）ekspor。

X

欸克絲

在固有印尼語中幾乎不使用。
通常出現源自外來語的專業術語中。

- xenofobia　外國人恐懼症
- ekspatriat　外派人員（英 expatriate 僑居人士）

y

ㄧㄝ

依後方連接的母音不同而分為 ya、yo、yu 等三種發音。

- karyawan　職員
- Yunani　希臘

Z

塞特

- azan　（穆斯林教徒）告知祈禱時間的呼聲
  azan 告知祈禱時間的呼聲
- zaman　時代

azan ●　17

❷ 複合子音

印尼語中代表性的複合子音有 kh, ng, ny, sy 等。

kh	發音介於 K 與 h 中間的音。
ㄎ	·khusus　特別的、專屬的 ·khawatir　擔心

ng	ng 為鼻音，即以 n 加上 g 所發出來的音。
（中文難以擬音）	·mungkin　也許 ·ngebut　（行駛、工作）加速 　mangga　（芒果）

因　ng　在句首出現時要**加上一半的鼻音**，再發出後面的母音；但當尾音時如 mang，其發音就如注音的「ㄥ」，所以 mangga 芒果的 mang 發音如：ㄇㄥ忙；以ㄥ收音。

ny	依後方連接的母音不同而分為 nya、nyo、nyu 等三種發音。
（中文難以擬音）	·nyaman　舒適 ·Banyuwangi　（爪哇島的都市名）外南夢

sy	依後方連接的母音不同而分為 sya、syu、syo 等三種發音。
（中文難以擬音）	·masyarakat　社會、國民 ·syukur　（對神的）感謝

必須注意的 發音結構

★**由於子音同化（鼻音化）的影響而必須特別留意的印尼語發音**

範例 makna　　像斷音一樣，分 **mak-na** 兩段發音，分成兩個音節。

⇒　mak-na (O)

maksudnya　像斷音一樣，分 **maksud-nya** 三段發音。

⇒　mak-sud-nya (O)

jumlah　　　先讀 **jum** 後再另外發 **lah** 音。不要忘了發最後的 [h] 音喔！

⇒　jum-la-h (O)

★**還有一個必須特別注意的發音！　k**

範例 Bapa**k**　　對男性使用的稱謂之一
　　　　　　　發[pa]音時喉嚨不要吐氣太久，要快速關閉聲門。
　　　　　　　（可以以「克」的音做收尾）

⇒　bapa-k (O)

Mba**k**　　對女性使用的稱謂之一

⇒　((eum)ba-k (O)

ba**k**so　　（印尼人熱愛的食物）牛肉丸

⇒　bak-so (O)

bakso

進階　縮寫 Singkatan

印尼人很常使用縮寫。把常用的幾個縮寫背起來吧。

簡稱	全稱	中文意思
SD	Sekolah Dasar	小學
SMP	Sekolah Menengah Pertama	中學
SMA	Sekolah Menengah Atas	高中
BBM	Blackberry Messenger	黑莓 Messanger
KBRI	Kedutaan Besar Republik Indonesia	印尼大使館
BBM	Bahan Bakar Minyak	燃料
ITB	Institut Teknologi Bandung	萬隆理工學院
UGM	Universitas Gadjah Mada	加札馬達大學
UI	Universitas Indonesia	印尼大學
DKI Jakarta	Daerah Khusus Ibukota Jakarta	雅加達特別區

4 重音

一般來說，重音落在最後一個音節前的母音。

但印尼語和英語一樣是不強調重音的語言，所以自然地發音即可。

taman

ㄅㄟ阿一ㄷmㄚㄣ

公園

ta-man 有兩個音節，故重音落在第一個音節的
ta。

pengiriman

ㄅㄟㄜ一ㄷm阿ㄣ

寄送

pe-ngi-rim-an 有四個音節，故重音落在第三個
音節的rim。

CHAPTER 2

基礎篇

從基礎篇開始建立起印尼語的結構吧！

在正式學習印尼語之前，必須先行了解的基礎都在這裡。

1 稱謂

在印尼是以稱謂來表現對對方的禮貌與尊敬。

那麼以我為基準，對什麼人該用什麼稱呼呢？就讓我們好好地認識並活用正確的用法吧！

對男性使用的稱謂		對女性使用的稱謂	
Bapak (Pak)	～老師、～大人、～先生	Ibu (Bu)	～老師、～夫人、～女士
Mas	～先生、～哥	Mbak	～小姐、～姐

她是我太太。
打個招呼吧～

Halo, Bu～
您好～

印尼文化 稱謂＋名字

在印尼…
公司裡稱呼上司不使用職稱。
而是依性別使用不同的**稱謂**或是以**稱謂＋名字**來稱呼對方。

男性上司 Bapak ＋名字

Bapak **Bambang**

女性上司 Ibu ＋名字

Ibu **Ani**

工作時請不要
打瞌睡！

Bu Ani

Pak Bambang

其他稱謂

Kak	kakak 的縮寫，稱呼**哥哥**、**姐姐**時使用。
Dik (Dek)	adik 代表**弟弟**、**妹妹**，可以用來稱呼親弟弟、親妹妹，也可以用來稱呼陌生的年輕學生或小孩子。
Nak	anak 是用來稱呼**小孩子**的。
Bang	主要在雅加達使用的男性稱謂，是 abang 的縮寫，指**哥哥**。（與 Mas 同類）

請參考 p112 稱謂相關內容

2 人稱代名詞

人稱代名詞是用來表示人物的。

	第一人稱	第二人稱	第三人稱
單數	saya 我（謙稱） aku 我	Anda 您 kamu 你 engkau, dikau, kau 你	dia 他、她 （英 he, she） beliau 那位、這位 的尊稱
複數	kita 我們 （含聽者） kami 我們 （不含聽者）	Anda sekalian 各位 kalian 你們	mereka 他們 （英 they）

單字劃重點！

Anda

永遠
用大寫

　　通常在電視節目主持人稱呼觀眾時、或是雙方尚未互通姓名、認識卻不熟的狀況下使用，是**關係較疏遠時所使用的稱謂**。若是已互通姓名，私交變親近後，使用 Mbak、Mas、Bapak、Ibu 等親切的稱呼則較為適合。

在雅加達…

gua / gue 是第一人稱 **aku**（我），**lu** 是第二人稱 **kamu**（你）的意思。
這兩個單字為**口語化的雅加達方言**，是雙方年齡相仿且**關係融洽**時用的稱呼，
只用在非正式場合喔！所以不適合對必須恭敬以待的對象或是生意上的合作
夥伴使用，不然會沒禮貌了。

第一人稱 **gua**　我（gue 亦適用）

Gua gitu lho!　　　　　　　　當然啊，我是什麼人！（開玩笑語氣的自誇）

Gua mau makan nasi goreng. 我想要吃炒飯。

　　　　　　　　　　　　　　　　　　　* mau ～打算～、想要～

　　　　　　　　　　　　　　　　　　　　　* makan 吃

　　　　　　　　　　　　　　　　　　* nasi goreng 炒飯

Itu bukan dompet gua.　　　　那不是我的錢包。

　　　　　　　　　　　　　　　　　　　　　* itu 那個

　　　　　　　　　　　　　　　　　　　　* dompet 錢包

　　　　　　　　　　　　　* bukan＋名詞 不是～ 參考 p35 否定語

第二人稱 **lu**　　你（loe 亦適用）

Lu mau ke mana?　　　　　　你要去哪裡？　　* ke 往～

　　　　　　　　　　　　　　　　　　　　　* mana 哪裡

蘇門答臘　加里曼丹　蘇拉威西島　巴布亞　雅加達　爪哇　峇里島

3 語順

印尼語的基本語順是**主詞＋謂語＋受詞**。

1 主詞 ＋ 謂語（動詞）＋ 受詞

範例 Saya　　　minum　　　kopi.

我　　　喝　　　咖啡　●●●❯　我喝咖啡

呼呼～

2 主詞 ＋ 謂語（形容詞）

英語必須要使用 **be 動詞**（**is, are**），印尼語則是在主詞後直接接形容詞，兩者有所不同。

範例 Dia　　　　　rajin.

他（英 he, she）勤勞　　　●●●❯　他（很）勤勞。

3 被修飾語 ✛ 修飾語

印尼語的修飾語要擺在被修飾語的後面。

① 名詞 ✛ 所有格

範例 teman　saya　　　　我的朋友
　　　朋友　　我的

可以以位置看出**所有格**！

② 名詞 ✛ 名詞

範例 biaya　hidup　　　　生活費
　　　費用　　生活

4 數 ✛ （量詞等）名詞

與數、全體、部分等相關的單字放在前面修飾後面的名詞。

範例 semua karyawan　全體員工　　　banyak orang　很多人
　　　　　　　　　　（所有員工）
　　　全部　　員工　　　　　　　　　很多　人（們）

　　　seluruh Indonesia　印尼全境　　sedikit air　　少量的水
　　　　　　　　　　　　　　　　　　　　　　　　（直譯：一點點的水）
　　　全部　　印尼　　　　　　　　　一點點 水

4 不定代名詞

不定代名詞是用來表示**不確定的人、物、方向、場所等的代名詞。**

seseorang	有個人	salah satu	～中之一
seorang	（某）一個人	sebuah	一個、某
sesuatu	某樣東西		

1 seseorang 有個人

範例 A： Kamu akhir-akhir ini kok kelihatan beda?　欸？你最近怎麼看起來不太一樣。

B： Biasa saja.　就跟平常一樣啊。

A： Kamu suka seseorang, ya?　你有喜歡的人對吧？

B： Enggak.　才沒有。

* akhir-akhir ini 最近
* kok （句首）欸？（表示訝異）
* kelihatan 看起來～
* beda (berbeda) 不一樣
* biasa 通常、平常
* saja 只是、僅僅

你喜歡我對吧？

天哪！

2 seorang （某）一個人

範例 Sebagai seorang ibu dan juga wanita karier, dia bekerja sangat keras dan cukup sukses.

她身為一個媽媽以及職場女性，工作非常努力，也十分成功。

* sebagai 身為～
* dan 和～（英 and）
* juga 也～
* wanita karier 職場女性
* wanita 女性
* bekerja 工作
* sangat （置於形容詞前）非常
* sangat keras 非常努力
* keras 努力、硬（英 hard）
* bekerja keras 努力工作
* cukup 充份地、十足地
* sukses 成功

3 sesuatu 某樣東西

範例 A： Hmm aku lapar. Aku pengin makan sesuatu.

嗯，我肚子餓了。想吃點什麼…

B： Mau makan mi?

要吃麵嗎？

* lapar 肚子餓
* pengin （ingin 想要～）的日常口語
* makan 吃
* mi 麵

4　salah satu　　　　　　　　　　　　　～中之一

範例 A：Saya sering ikut seminar beliau.

我常常和那位一起參加研討會呢。

B：Oh ya? Beliau (adalah) salah satu dosen favorit saya juga.

噢，真的嗎？他也是我最喜歡的教授之一呢。

* sering　時常
* ikut　（英 join）跟著～、一起做～、參加～
* ikut seminar　參加研討會
* dosen　大學講師、教授（英 professor）
* favorit　（最）喜歡的
* juga　也～

5　sebuah　　　　　　　　　　　　　　一個、某

範例 Tidak mudah untuk membuat sebuah karya tulis.

創作一篇文章（作品）並不容易。

* mudah　容易的
* tidak mudah　不容易的
* untuk　（英 to 不定詞）去做～（某事）、做～（某事）
* membuat　製作、創造
* karya tulis　文章（作品）

5. 指示詞

等同中文裡的這、那。

| ini | 英 this 這 | itu | 英 that 那 |

範例 A：Kamu mau beli roti ini?　　你要買這個麵包嗎？

B：Enggak. Aku mau beli roti itu.　　不要。我要買那個麵包。

* kamu 你
* mau 打算～、想要～
* beli 買（標準用語 membeli）
* roti ini 這個麵包
* enggak （口語 否定詞）不
* aku 我

A：Ini putri saya.　　這是我的女兒。

B：Oh... namamu siapa?　　噢…妳叫什麼名字？

C：Freya.　　我叫 Freya。

* putri 女兒
* nama 名字
* namamu = nama kamu 你的名字

第一人稱	第二人稱	第三人稱
-ku namaku 我的名字	-mu namamu 你的名字	-nya namanya 他（她）的名字

文法

• 指示詞 ini, itu 置於主部最右邊的位置。

名詞 ✚ yang ✚ 修飾語 ✚ ini / itu

被修飾語 　冠形詞語尾功能

➟ 請參考 p176 yang 的用法

Orang yang sedang makan roti itu

正在吃麵包的那個人

▷ orang　人
▷ sedang　正在～
▷ orang yang + 形容詞／動詞　～的人／做～的人

語彙活用　試著活用 **ini** 和 **itu** 吧！

pagi ini	今天早上
siang ini	今天上午
sore ini	今天傍晚、下午
malam ini	今天晚上

hari ini	今天
minggu ini	這禮拜
bulan ini	這個月
tahun ini	今年
hari itu	那一天
pagi itu	那天早上
waktu itu	那時候、當時

6 否定語

如不是～、不～等用來否定名詞或謂語（形容詞、動詞）的詞彙。

1 bukan ✚ 名詞 或 代名詞　　　　不是～

❶ bukan ✚ 名詞

範例 A：Dalam bahasa Indonesia, in meja kan?
這個在印尼語裡叫做 meja，對吧？

* meja　桌子

B：Bukan meja. Itu namanya kursi.
不是 meja。那個是叫 kursi。

只回答bukan
也可以噢。

* kursi　椅子
* dalam bahasa Indonesia　在印尼語中（英 in Indonesian）
* Itu namanya　那個叫做～

❷ bukan ✚ 代名詞

範例 Itu bukan saya.
（看著整形前的照片～）那不是我。

眼睛不太一樣？　　好久不見～

bukan 的用法

1 用於附加問句的 **bukan**

範例 Dia pacarmu, **bukan**?

那個人不是你女朋友嗎？（確實不知道的前提下所講的話）

▷ pacar 戀人（男朋友、女朋友）
▷ pacarmu = pacar kamu 你的戀人

把 **bukan** ⋯⋯➤ 縮寫為 **kan** 就是口語中〜吧？的意思！

Dia pacarmu, kan? 她是你女朋友吧？
（幾乎確定，只是再次確認）

請參考 p169 語法篇→疑問句－附加疑問句

2 用來否定的否定語（句）**bukan**

範例 A : Kenapa kamu enggak mau ikut?

你為什麼不一起去？

B : **Bukan** enggak mau, badanku kurang enak.

我不是不想去，我是身體不太舒服。

▷ kenapa 為什麼
▷ ikut 一起做〜（英 to join）、跟著去
▷ badan 身體
▷ badanku = badan aku 我的身體
▷ kurang enak （身體）不太舒服

2 tidak ✛ 形容詞 或 動詞　　　　不～、不做～

❶ tidak ✛ 形容詞　　　　不～

範例 Saya tidak capai sama sekali.

我一點也不累。

> * capai　累、辛苦
> * sama sekali　一點也（不～）

文法Tip

capai, capek 兩個單字在字典中都是**累、辛苦**的意思，但是 **capek** 是口語化的印尼語，較常使用。

❷ tidak ✛ 動詞　　　　不做～

範例 Saya tidak berolahraga.

（平時的習慣）我不做運動。

> * berolahraga　運動

3 tidak vs kurang

tidak ╋ 形容詞　　　　　不…、沒有…

kurang ╋ 形容詞 or 動詞　　　不夠…
指未到達標準

範例 形容詞

Dia tidak sopan.　　　　　那個人沒有禮貌。　　　　　* sopan 有禮貌的

Dia kurang sopan.　　　　　那個人不夠有禮貌。
　　　　　　　　　　　　　　指**沒有達到**稱得上**有禮貌**的**水準**

使用 kurang 時語氣較為柔和。

範例 Masakan ini tidak asin.　　　這道菜不鹹。

Masakan ini kurang asin.　　　這道菜不夠鹹。（味道淡）
　　　　　　　　　　　　　　意指**需要再加點鹽**

* masakan 料理、菜餚
* asin （味道）鹹
* kurang asin 淡

範例 動詞

Saya tidak tahu.　　　　　我不知道。　指「知道／不知道」的二選一。

Saya kurang tahu.　　　　（這個嘛）我不是很清楚。　　　* tahu 知道
　　　　　　　　　　　　　並沒有達到「完全知道」的水準。

Saya tidak tidur semalam.　　　我昨天晚上沒睡。

Saya kurang tidur semalam.　　我昨天晚上沒睡飽。　　　* tidur 睡覺
　　　　　　　　　　　　　睡眠不足。　　　* semalam 昨天晚上

4 tidak vs belum

tidak ＋ 動詞　（平常）不做～
以後要做的可能性也不高

belum ＋ 形容詞　還不夠～、還不是很～　還沒到～的程度
or 動詞　還沒～／沒～過　有可能以後會做

範例 動詞

Saya tidak makan hari ini. Saya puasa.　我今天（什麼也）沒吃。我禁食。

Saya belum makan pagi.　我還沒吃早餐。（待會想吃）

＊ puasa 禁食（berpuasa）
＊ makan pagi 吃早餐（＝ sarapan）

範例 Saya tidak bisa memakai sumpit.　我不會用筷子。

Saya belum bisa memakai sumpit.　我還不會用筷子。
（以後或許能學會）

＊ bisa 會～、能夠～
＊ memakai 使用、利用（字根 pakai）
＊ sumpit 筷子

Belum bisa….
還不行耶ー .ー;

範例 形容詞

Saya tidak capai.　我不累。

Saya belum capai.　我還不累。（撐得下去）

5 Ya ⇔ Tidak　　　　　　　　是 ⇔ 不是

範例▶ A：Dari Indonesia, ya?　　　　　　您是從印尼來的嗎？

B：Ya.　　　　　　　　　　　　是的。

疑問句中的 ya 是用來表達確認自我預想的。
ya（正面的答案）在口語中也可以說 iya。

* dari　來自～（英 from）
* Indonesia　印尼

範例▶ A：Besok tidak bekerja?　　　　　您明天不工作嗎？

B：Tidak.　　　　　　　　　　　不工作。

enggak（不是）與 tidak 意思相同，但 enggak
是在非正式場合使用的。（口語化）

* bekerja　工作
* besok　明天

範例▶ A：Besok kamu enggak ke sekolah?　　（口語）你明天不去學校嗎？

B：Enggak.　　　　　　　　　　　（口語）不去。

* ke sekolah　（去）學校

7 時態

印尼語是將**時態副詞**放在動詞前來表示**時態**的。

但是，並非所有的過去式都要必須加上 sudah。這一點要格外留意喔！

sudah	已經／早就～	mau	打算～、想（要）～
belum	還沒～	baru	剛剛（才）～、正打算～
sedang	正在～	masih	還在～

1 sudah ⟷ belum　　已經、早就（都）～了 ⟺ 還沒～

(範例) A：Kamu sudah mandi, belum?　　你洗過澡了沒，還沒洗嗎？

B：Sudah.　　　　　　　　　　　　洗了。
　　Belum.　　　　　　　　　　　　還沒洗。

＊ mandi 洗澡

A：Kamu sudah nonton Perahu Kertas, belum?
　　你看過 Perahu Kertas 了沒，還沒看過嗎？

B：Belum. Tapi, adikku sudah nonton, katanya.
　　我還沒看過。不過我弟弟（妹妹）說他（已經、早就）看過了。

Perahu Kerta 電影「紙船」

＊ nonton 看、觀賞（menonton 字根 tonton）（英 watch）
口語中通常省略me-，只說nonton
＊ tapi = tetapi 不過、但是
＊ adik 弟弟、妹妹
＊ adikku = adik aku 我的弟弟、我的妹妹
＊ katanya 聽說、（某人）說過
＊ kata （英 word）話、單字

範例 A：Hari Minggu kemarin ke mana?　　　你上星期日去哪裡了？

B：Saya nonton film di bioskop. (o)　　　我在電影院看了場電影。

　　Saya sudah nonton film di bioskop. (x)

* hari Minggu　星期日
* hari Minggu kemarin　上個星期日
* ke　往～（方向）
* ke mana　（去）哪裡？
* film　電影
* di　在～（位置）
* bioskop　電影院

會話Tip

（以對話主題中出現的電影為例）要表達已經看過的意思時使用 sudah。
Saya sudah nonton film itu. 我已經看過那部電影了。

印尼文化 Ada enggak? 有、沒有？

Ada enggak?　　　有、沒有？

印尼人有將肯定與否定一起使用的語言習慣。

Besok kamu ada waktu, enggak?
你明天有時間嗎，沒有嗎？

* besok　明天
* ada　有
* waktu　時間
* ada waktu　有時間（↔ enggak ada waktu　沒時間）

在早晨和傍晚時分詢問「洗澡了沒？」在印尼是熟人之間關心與親近的表現。

Kamu sudah mandi, belum?
你洗過澡了沒？

* mandi　洗澡

42

★ 從現在的時間點提到未來有可能完成的事件時**也可以使用 sudah。**

範例　Ibu ：　Kalau kamu **sudah** selesai makan, taruh piringmu di sana.
媽媽：　吃完的話就把你的盤子放在那邊。

Anak ：　Ya, ma.
孩子：　好的，媽媽。

> kalau　如果～、～的話
> taruh　放
> piring　盤子
> piringmu = pirng kamu　你的盤子
> di sana　在那裡
> ma = mama　媽媽

範例　A ：　Kira-kira jam 1, dia **sudah** sampai belum, ya?
他一點左右會到嗎？

B ：　Kalau jam 1, mungkin **sudah** sampai.
一點的話應該已經到了。

> kira-kira　大約、～左右
> jam 1 [satu]　1點
> sampai　達到～、抵達
> mungkin　大概

2 sedang ≒ lagi　　　　　正在～

範例 A：Sedang apa?　　　　　你在做什麼呢？

B：Saya sedang nonton film.　　我在看電影。

> * sedang　正在做～
> * apa　什麼
> * nonton　看（電影）口語（字根 tonton 字根 menonton）
> * film　電影

範例 A：Kok, suaramu kecil sekali?　　你聲音怎麼這麼小啊？

B：Aku lagi di bioskop.　　　　我現在在電影院裡。

> * suara　聲音
> * suaramu＝suara kamu　你的聲音
> * kecil　小
> * sekali　（置於形容詞後）非常
> * di　在～
> * bioksop　電影院

單字劃重點！

出現在句首的 **kok**　　**Kok enggak ada orang?**　欸？怎麼一個人都沒有？

（這個時候所有人應該都到了，但一個人都沒有，所以在這裡是表示訝異或疑惑的意思。）

出現在句尾的 **kok**　　A：Maaf......　對不起..

A：Enggak apa-apa, **kok**.　沒關係。

（自己真的不在意，但對方仍感到非常抱歉，所以在這裡是表示「我真的沒關係啊」的意思。）

3 mau 　　　　　　　　　　　　　　打算～、想要～

範例 A：Kamu mau ke mana sekarang? 　　你現在要去哪裡？

B：Mau pulang. 　　我正打算回家。

* sekarang　現在
* pulang　回去、回來

範例 A：Mau minum apa, Pak? 　　請問您想喝點什麼呢？

B：Saya mau es teh. 　　我想要杯冰茶。

* minum　喝
* es　冰的
* teh　茶

範例 A：Mau makan, enggak? 　　你想吃飯嗎（不想吃嗎）？

B：Enggak mau. Enggak (ada) nafsu makan. 　　我不想吃。沒食慾。

* makan　吃
* ada　有
* enggak ada 口語 = tidak ada 標準用語 沒有
* nafsu makan　食慾

4 baru 　　　　　　　　　　　　　　剛剛～、現在正打算～

範例 A：Mbak Dewi ada, enggak? 　　Dewi 在嗎？

B：Baru pergi. = Barusan pergi. 　　他剛剛出去了。

* ada　在
* pergi　去

單字劃重點！

barusan

現在才～、
剛才、不久前

barusan 與 baru saja（現在才～、剛才）、belum lama（不久前）意思相同，都是日常生活中常用的字。

baru 的用法

baru mau：正打算要～（尚未開始的狀態）

範例 A：Kamu sudah makan, belum?

你吃飯沒？

B：**Baru mau** makan.

正打算要吃。

baru 包括說話的時間點以及與其相近的前後時間。

範例 A：Lagi apa?　　　　　　　　　　　你在幹嘛？

B：Baru makan.　　　　　　我正在吃飯。（也包含以下兩種意思）

Baru **mau** makan.　　　我正打算要吃。（還沒有吃）

Baru **habis** makan.　　我才剛吃完飯。（剛剛才吃完）

▷ lagi + 動詞　正在～

▷ apa　什麼

▷ makan　吃

▷ habis + 動詞　口語 剛～完

5 masih   依然～、還在～

範例▶ Saya masih tinggal di Amerika.   我還住在美國。

> *tinggal 住
> *di 在～（位置）
> *Amerika 美國

範例▶ A：Bapak masih di kantor?   （從外面打來的電話）您還在辦公室嗎？

B：Masih. Kenapa?   還在。有什麼事？

> *di 在～
> *kantor 辦公室

selesai ✛ 動詞   ～結束了、～都做完了

範例▶ A：Kamu sudah selesai kerja, belum?   工作都做完了嗎？

B：Belum.   還沒（還沒全部做完）。

（數小時後）

A：Masih belum selesai kerja?   你工作還是沒做完嗎？

B：Masih belum.   還是沒做完。

> *selesai＋動詞 ～結束了、～都做完了
> *kerja 工作（bekerja）

6 **telah** 〔書面體、格式〕 已經、早就～了

範例 Presiden Susilo Bambang Yudhoyono telah tiba di Amerika.
SBY 總統已抵達美國了。

* presiden 總統
* tiba 抵達（適合正式場合使用的單字）
* di 在～
* Amerika 美國

7 **akan** 將會～、預計～（針對已經確定的事）

範例 Perusahaan itu akan membuka cabang di Surabaya.
那家公司預計要在泗水開設分店。

* perusahaan 公司
* membuka 開設
* cabang 分店
* Surabaya 泗水（印尼第二大都市）

Minggu depan akan ada rapat.
下星期會有個會議。

* minggu depan 下星期
* ada 有
* rapat 會議

pusing……
哎唷，頭好痛…

與時間相關的詞彙

•kemarin 昨天	•hari ini 今天	•besok 明天、日後
•minggu kemarin 上星期 = minggu lalu	•minggu ini 這星期	•minggu depan 下星期
•bulan kemarin 上個月 = bulan lalu	•bulan ini 這個月	•bulan depan 下個月
•tahun kemarin 去年	•tahun ini 今年	•tahun depan 明年
•semalam 昨晚 = tadi malam	•malam ini 今晚	•besok malam 明晚
•tadi 剛才	•sekarang 現在 •barusan 剛剛	•nanti 待會
•malam minggu 星期六晚上、周末 （跨到周日的夜晚）	•akhir minggu 周末	
•setiap hari 每天 •setiap bulan 每個月	•setiap minggu 每星期 •setiap tahun 每年	•setiap kali 每次
•tanggal merah 假日（國定假日） •(hari) libur 假日	•hari raya 節日	

時間的先後狀況是這樣表現的！

時間／期間 ✛ yang lalu　　～之前

範例▶ 2 hari yang lalu　　　　2天前
2 bulan yang lalu　　　2個月前

* hari （英 day）
* 2 [dua] hari 兩天
* 2 [dua] bulan 兩個月
* lalu 上一個

時間／期間 ✛ lagi　　　　～之後、再～

範例▶ A：Rapat kita kapan dimulai?　　我們的會議是什麼時候啊？
B：10 menit lagi.　　　　　　　再10分鐘。（10分鐘後就開始了）

* rapat 會議
* kapan 什麼時候
* dimulai 開始
* 10 [sepuluh] menit 10分鐘
* lagi （句尾）再～、再次、又、再也

時間／期間 ✛ mendatang yang akan datang　　不久後的、即將

範例▶ Film itu akan ditayangkan di bioskop pada bulan Juli mendatang.
那部電影七月份即將在各大戲院上映。

* film 電影
* ditayangkan 上映（ 字根 tayang）
* di bioskop 在電影院
* pada （在時間、活動、場所前出現的介係詞）在～（日常口語中省略不說較為自然）
* (bulan) Juli 7月
* mendatang 即將來臨的

 單字劃重點！ 頻率副詞

---

selalu
總是

Jakarta selalu macet.　　　　雅加達總是塞車。

* macet 塞車

sering sekali
很常

Saya sering sekali begadang.　　我真的很常熬夜。

* begadang 熬夜

sering
時常

Saya sering bolos kuliah.　　　我常常缺席大學的課。

* bolos 缺席
* kuliah 大學課程

kadang-kadang
偶爾

Saya kadang-kadang tidur siang.　我偶爾會睡個午覺。

* tidur 睡覺
* siang 白天
* tidur siang 睡午覺

jarang
幾乎不～、不常

Saya jarang berolahraga.　　　我不常運動。

* berolahraga 運動

jarang sekali
幾乎沒有～、極少
幾乎沒有過（比 jarang 的頻率更低）

Saya jarang sekali minum obat flu. 我幾乎沒吃過感冒藥。

* minum 喝
* obat 藥
* flu 感冒

基本篇

8 助動詞

置於動詞前，為該動詞增添其無法單獨呈現出的詞義。

---

1 bisa　　　　　　　　　　　　　　　　會～、能夠～

範例 A：Anda bisa (ber)bahasa Indonesia?　　你會說印尼語嗎？

　　　B：Bisa, tapi belum lancar.　　　　　　會，但還不是很流利。

　　　　　　　　　　　　　* berbahasa Indonesia 說印尼語
　　　　　　　　　　　　　* bahasa Indonesia 印尼語
　　　　　　　　　　　　　* tapi (tetapi) 但是、不過
　　　　　　　　　　　　　* lancar 流利的（語言）

---

tidak bisa ✚ 動詞　不會～、無法～

範例 Saya tidak bisa masak.　　　　　　我不會做菜。

　　　　　　　　　　　　* masak 做菜、烹飪（字根 memasak）

2 dapat 〔書面、格式口語〕　　　　　　　　會～、能夠～

範例 Kurang tidur dapat membuat berat badan naik.

睡眠不足時體重會增加。（直譯：睡眠不足會讓體重增加。）

* kurang tidur　睡眠不足
* membuat　讓～、使～（英 to make）
* berat badan　體重
* naik　上升、增加

tidak dapat ＋ 動詞　不會～、無法～

範例 Bisnis itu gagal karena tidak dapat memuaskan para konsumen.

那個生意因無法令消費者滿意而失敗了。

* bisnis　事業、生意
* gagal　失敗
* karena　因為～
* memuaskan　讓～滿意（字根 puas）
* para　～們
* konsumen　消費者

3 ingin〔書面、格式口語〕 想要～

範例 Presiden direktur kami
ingin mengunjungi pabrik (pada) minggu depan.
我們總經理下星期想去拜訪工廠。

* presiden direktur 總經理
* mengunjungi 拜訪～（字根 kunjung）
* pabrik 工廠
* pada 在～（時間、場所的介係詞）（口語體中常被省略）
* minggu depan 下星期

tidak ingin ＋ 動詞 不想～／不願意～

範例 Mereka tidak ingin bekerja di sini.
他們不願意在這裡工作。

* bekerja di 在～工作

單字劃重點！

以 pengin 代替 ingin 在日常口語中使用 pengin 來表現 ingin 的意思。

A : Kamu pengin makan apa? 你想吃什麼？

B : Maaf, aku enggak pengin makan sekarang. Belum lapar.
抱歉，我現在不太想吃東西。我肚子還不是很餓。

我肚子不餓…

* makan 吃
* apa 什麼
* sekarang 現在
* belum 還不夠～、還不是很～
* lapar 肚子餓

4 harus   應該要～、必須要～

範例 A : Makan yuk!   一起吃飯吧！

B : Enggak ah! Aku harus diet.   啊，我不吃！我該減肥了。

* makan　吃
* diet　減肥
* yuk　（勸誘）一起～吧！

ah! 是在失望、遺憾、驚訝、不同意或**表達不滿時所使用的感嘆詞**。
看了一整天電視，無聊地起身說到：Mandi ah!（唉～該洗澡了！）
都說了沒興趣，朋友還一直安排相親時：Enggah ah!（我就說我不要嘛！）
Ah! Jangan marah dulu.（哎唷，你先別生氣嘛。）

範例 A : Kalau mau cepat lulus, harus rajin belajar. 想要快點畢業的話就要用功讀書。

B : Ya. Harus.   對啊。一定要的。

* kalau　（英 if）如果～、～的話
* cepat　快點
* lulus　畢業
* belajar　讀書
* rajin belajar　用功讀書

從對話的前後文中可以推測出意思時，便能省略動詞，單獨使用助動詞。（其他助動詞也是一樣的噢。）

tidak harus ✚ 動詞　不一定要～

範例 Tidak harus bangun pagi-pagi.
不一定要早起。

* bangun　起床
* pagi-pagi　一大早

5 perlu　　　　　　　　　　　　　　　　有必要～、必須要～

範例▶ Pasien : Dok, sepertinya saya kecapaian.　　　醫生，我好像有點過度疲勞。
患者

Dokter : Ya, Bapak perlu (ber)istirahat.　　　是的，您必須休息。
醫生

*dok 醫生（dokter）的簡稱
*sepertinya 好像～、似乎～
*kecapaian 過度疲勞
*beristirahat 休息

tidak perlu ✛ **動詞**　不需要～
（完全沒有必要性）

範例▶ Anda tidak perlu membeli tiket masuk karena konser itu gratis.
那個演唱會是免費入場，所以不需要購買入場券。

*membeli 買（東西）
*tiket masuk 入場券
*karena 因為～
*konser 演唱會
*gratis 免費的

tidak usah（標準用語）= **enggak usah**（口語化）

不這樣做也可以的～　（不一定要這麼辛苦）

Kamu mau minum apa?　　　你要喝什麼？

Tidak usah repot-repot, Pak.　　　不用麻煩了。

*minum 喝
*repot 麻煩的、複雜的
*tidak usah repot-repot 不用麻煩了

6 pernah 曾經～過

  Pernah makan gudeg? 您吃過日惹滷味嗎？

Belum pernah. 我還沒吃過。
（以後有可能會吃）

*makan 吃
*gudeg 日惹滷味（印尼日惹的鄉土小吃）

gudeg 日惹滷味

tidak pernah + 動詞 沒有～過
（以後幾乎也不可能～）

 Saya tidak pernah bohong. 我沒有説過謊。

belum pernah + 動詞 還沒做過～
（以後有可能會～）

Saya belum pernah ke Papua. 我還沒去過巴布亞。
（以後有可能會去）

7 boleh 可以～（允許）＋ tidak boleh 不可以～（不允許）

Kamu boleh pergi kalau sudah selesai mengerjakan tugasmu.
你把功課都寫完的話就可以出去玩。

Tapi, mau main sekarang...　　可是我現在就想出去玩…

Tidak boleh.　　不行。

* pergi 去
* kalau 如果～、～的話
* selesai 做完～
* mengerjakan tugas 寫功課、做作業
* tugasmu = tugas + kamu 你的作業、該做的事

想去哪～～～

單字劃重點！ bisa, mampu, sanggup 的差別

bisa

會～、能夠～

會～、能夠～（最常用的）

A : Kamu bisa masak apa?　　你會做什麼菜？
B : Aku enggak bisa masak　　我不會做菜。

* masak 做菜、烹飪

A : Bisa jemput saya jam 4 sore nanti?　你待會4點可以來接我嗎？
B : Bisa. Saya ke sana sebelum jam 4.　可以的。我4點之前會到那邊。

* jemput （用車輛）迎接、過去接／過來接
* jam （時間前）～點
* jam 4[empat] 4點
* sore （下午3點後～日落時分）較晚的下午／傍晚
* nanti 待會
* ke 往～（方向）、在～
* sana 那裡
* sebelum ～之前

mampu

有足夠的能力、做得到

（經濟上、技術上）有足夠的能力、做得到

Anak : Pak, saya mau belajar di Amerika. Boleh, enggak, Pak?

孩子　爸爸，我想去美國讀書。可以嗎？

Ayah : Boleh. Tapi, kamu cari beasiswa sendiri, ya.

爸爸　可以。不過，你要自己想辦法找獎學金，懂吧。

Bapak enggak mampu menyekolahkan kamu di Amerika.

爸爸沒有這能力送你去美國讀書。

* belajar 讀書
* tapi(= tetapi) 但是、不過
* cari 找（標準用語 = mencari）
* beasiswa 獎學金
* sendiri 獨自、自己
* menyekolahkan + 人　讓～受（學校）教育
* bapak 父親（= ayah）

sanggup

（心情、意志）
做得到～、
有做～的心力

（心情、意志）做得到～、有做～的心力

Kamu kan sudah sering ketahuan selingkuh.

Sampai kapan aku harus maafin kamu?

Aku sudah enggak sanggup lagi.

Mendingan kita putus saja.

你這陣子偷吃常被我抓到不是嗎。
我要原諒你到什麼時候？
我再也撐不下去了。
我們最好就此分手。

* kan （置於主詞後）～不是嗎（陳述句）
* ketahuan 被發現、穿幫
* selingkuh (=berselingkuh) 出軌
* (me)maafkan 原諒（口語 maafin 字根 maaf）
* mendingan 最好～ 口語
* putus 分手

59

0	nol, kosong	11	sebelas
1	satu	12	dua belas
2	dua	13	tiga belas
3	tiga	14	empat belas
4	empat	15	lima belas
5	lima	16	enam belas
6	enam	17	tujuh belas
7	tujuh	18	delapan belas
8	delapan	19	sembilan belas
9	sembilan	20	dua puluh
10	sepuluh	30	tiga puluh
		40	empat puluh
		50	lima puluh
		60	enam puluh
		70	tujuh puluh
		80	delapan puluh
		90	sembilan puluh

21	dua puluh satu	1.000	seribu
22	dua puluh dua	2.000	dua ribu
23	dua puluh tiga	3.000	tiga ribu
24	dua puluh empat	10.000	sepuluh ribu
25	dua puluh lima	20.000	dua puluh ribu
26	dua puluh enam	30.000	tiga puluh ribu
27	dua puluh tujuh	100.000	seratus ribu
28	dua puluh delapan	200.000	dua ratus ribu
29	dua puluh sembilan	300.000	tiga ratus ribu
100	seratus	1.000.000	satu juta / sejuta
200	dua ratus	2.000.000	dua juta
300	tiga ratus	10.000.000	sepuluh juta
		20.000.000	dua puluh juta
		100.000.000	seratus juta
		200.000.000	dua ratus juta
		1.000.000.000	satu miliar
		2.000.000.000	dua miliar
		1.000.000.000.000	satu triliun

數字閱讀

235 dua ratus tiga puluh lima

478,000 empat ratus tujuh puluh delapan ribu

1,500,000 satu juta lima ratus ribu = 1,5 juta [satu koma lima juta]

序數

1 (yang) pertama 第一

2 (yang) kedua 第二

3 (yang) ketiga 第三

⋮

49 (yang) keempat puluh sembilan
第四十九

範例 Hari pertama masuk kantor
上班第一天

▶ hari pertama 第一天
▶ masuk 進來、進去
▶ kantor 辦公室
▶ masuk kantor 上班 = masuk kerja

分數

$\frac{1}{2}$ setengah

$\frac{2}{3}$ dua **per**tiga

$\frac{1}{3}$ se**per**tiga

$\frac{3}{4}$ tiga **per**empat

$\frac{1}{4}$ se**per**empat

代表「1」的前綴詞 se- 與 per 之間不需要空隔開來
但是當分子是「1」以外的數字時都必須空隔開來書寫。
se pertiga (x)　sepertiga (o)
duapertiga (x)　dua pertiga (o)

小數

2,75   dua **koma** tujuh lima

0,9   nol **koma** sembilan

算式及符號

2 + 3 = 5   dua **tambah** tiga **sama dengan** lima

7 – 4 = 3   tujuh **kurang** empat **sama dengan** tiga

3 × 8 = 24   tiga **kali** delapan **sama dengan** dua puluh empat

100 ÷ 5 = 20   seratus **bagi** lima **sama dengan** dua puluh

%   persen

100 %   seratus persen

+   tambah 標準用語 ditambah

–   kurang 標準用語 dikurangi

×   kali 標準用語 dikali

÷   bagi 標準用語 dibagi

=   sama dengan

加法、減法也可寫做
+(plus), –(minus)。

數字活用

Hari ini **tanggal berapa**? = Tanggal berapa hari ini?
今天幾號？

20 Maret.　　　3月20日。

▶ hari ini　今天
▶ dua puluh　20

Tahun ini **tahun berapa**, ya?　今年是哪一年？

Tahun 2017.　　　　　2017年。

▶ tahun ini　今年
▶ dua ribu tujuh belas　2017

Hari ini **hari apa**?　= hari apa hari ini?
今天是星期幾？

(Hari) Selasa.　今天星期二。

▶ hari ini　今天

Kamu lahir **tahun berapa**? (= kamu kelahiran tahun berapa?)
你是幾年生的？

Aku lahir tahun (19)85.(= aku kelahiran tahun 85.)
我是（19）85年生的。

▶ lahir　出生
▶ tahun berapa　哪一年
▶ kelahiran　出生
▶ seribu sembilan ratus delapan puluh lima　1985
▶ delapan puluh lima　85
編註 印尼只使用「西元」年。

Sudah **berapa tahun** (tinggal) di Indonesia?
您在印尼住幾年了呢？

Sudah 10 tahun.　（已經）10年了。

▶ berapa tahun　幾年
▶ tinggal　住、生活
▶ di Indonesia　在印尼

星期

hari Minggu	星期日
hari Senin	星期一
hari Selasa	星期二
hari Rabu	星期三
hari Kamis	星期四
hari Jumat	星期五
hari Sabtu	星期六

月 bulan

Januari	一月	Juli	七月
Februari	二月	Agustus	八月
Maret	三月	September	九月
April	四月	Oktober	十月
Mei	五月	November	十一月
Juni	六月	Desember	十二月

詢問時間

Jam berapa sekarang? 現在幾點呢？

jam empat (lewat) tiga puluh **menit** = setengah lima
4點30分　　　　　　　　　　　　　　4點半（較常用）

▶ lewat 過了（說時間時通常會省略）
▶ setengah 二分之一
▶ setengah lima 4點半
（這句話是「再半小時5點」的思維概念）

Jam 11 **kurang** 10 menit
差10分11點（10：50）

▶ kurang 還不到～

Jam tiga lima belas (menit) = Jam tiga **seperempat**
3點15分

▶ seperempat 1/4、15分

CHAPTER 3
詞綴篇

關於印尼語的「詞綴」

1 添加在字根前、後、中間等，增添文法上的意義。

2 由**詞綴的型態**可以得知其詞類，只要了解字根的詞義，即可推測出整個單字的意思。

3 將在本書中學習到的**詞綴種類**

1. 前綴詞：置於字根前的詞綴　詞綴＋字根

2. 後綴詞：置於字根後的詞綴　字根＋詞綴

3. 環綴詞：置於字根前、後的詞綴　詞綴＋字根＋詞綴

★ **字根**　形成單字的核心部份，具有實質上的意義。

詞綴在印尼語中的重要性

① 在**日常對話中**只要知道**動詞字根**就足夠了。

② 了解詞綴的形態與**文法的意義**將有助於**學習詞彙**。

③ 日常口語中有些前綴詞可以省略，但在商務會話、研討會、簡報等**正式的語言**

　　環境中，使用詞綴在文法上是更為適當的。

前綴詞 ber-

ber- +字根＝動詞（有例外）

前綴詞 ber- 的功用是將名詞、形容詞等詞彙轉變成相關的動詞用。

	字根	ber- ＋字根後形成的意思
ber	能夠得到的	擁有～
	能夠使用的	使用～
	能夠做的	做～
	時間	度過～
	感情	感受到～的心情
	數字	berdua 兩個、bertiga 三個

	tetangga	ⓝ 鄰居		bertetangga		ⓥ 有鄰居、（與～）相鄰
	jalan	ⓝ 路　ⓥ 走路		berjalan		ⓥ 走路
ber- +	olahraga	ⓝ 運動	=	berolahraga		ⓥ 運動
	libur	ⓝ 假期　ⓥ 度假		berlibur		ⓥ 度假
	gembira	ⓐ 愉快的		bergembira		ⓥ（書面體）高興
	dua	ⓝ 兩個、2		berdua		兩人

口語中可以省略 ber- 時標示為 (ber)。

當已是動詞的詞彙前再加上前綴詞 ber- 時，即轉變成正式的標準用語，故口語中都可以省略 ber-。

① **bertetangga**　有鄰居、（與～）相鄰

Indonesia bertetangga dengan Malaysia, Singapura, dan Australia.

印尼與馬來西亞、新加坡、澳洲相鄰。

* dengan　與～（英 with）

② **(ber)jalan**　走路

Saya senang (ber)jalan kaki.

我喜歡走路。

* berjalan kaki　走路
* kaki　腿、腳
* senang　愉快的
* senang + 動詞　喜歡、享受～

3 (ber)olahraga 運動

Saya (ber)olahraga setiap hari Minggu.

我每個星期日都會運動。

> * setiap hari 每天
> * hari Minggu 星期日

4 (ber)libur 度假

Mau (ber)libur ke mana?

您打算去哪裡度假呢？

> * mau 打算～
> * ke mana 去哪裡

5 (ber)gembira 〔書面體〕高興

Ketika mendengar kabar anaknya, dia sangat (ber)gembira.

聽到自己孩子的消息時，他非常地高興。

> * ketika ～的時候
> * mendengar 聽
> * kabar 消息
> * anak 孩子

6 berdua 兩個人

Kami berdua dari Semarang.

我們兩個是從三寶瓏來的。

> * dua 兩個人
> * dari 從～、來自～（英 from）

前綴詞 ber- 的變形有 ber-, be-, bel- 等

1 字根的第一個字為 r，或第一個音節以 er 收尾時使用 be-

範例　ber- + renang　＝　**be**renang
　　　　　 游泳　　　　　　　 游泳

　　　 ber- + ke**r**ja　＝　**be**kerja
　　　　　工作　　　　　　 工作

2 字根的第一個字為 ajar 時使用 bel-

範例　ber- + **ajar**　＝　**bel**ajar
　　　　 教學　　　　　　 學習、讀書

3 其他字根皆與 ber- 結合。

前綴詞 meN-

meN- ＋字根＝動詞

「meN」裡大寫「N」的部分是指其會隨著字根的第一個字母而有不同接續詞組，如下：

> 前綴詞 meN- 中的 N
> 指的是 mem-, men-, menye-, meng-, menge-, me-
> 等有變化的部分。

「meN- ＋字根」的表現，最主要是在表現主動（進行某事）的意思。

預覽

① **mem-** ＋ **b, p, f, v** 開頭的字根

② **men-** 以 **d, j, t, c** 開頭的字根

③ **meny-** ＋ **s** 開頭的字根

④ **meng-** ＋以 **a, e, i, o, u, g, h, k, kh** 開頭的字根

⑤ **menge-** ＋ 單音節字根

⑥ **me-** ＋ 其餘以 **r, l, m, ny** 等開頭的字根

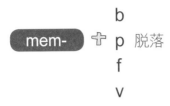

mem- ＋ b
p 脫落
f
v

字根	meN- 動詞	例句
baca ⓥ 閱讀	membaca 閱讀	標準用語 Saya suka membaca buku. 我喜歡閱讀。 ＊ saya （第一人稱）我 ＊ buku 書 口語 Saya suka baca buku. 我喜歡看書。
panggil ⓥ 叫	memanggil 叫 p 在部分情況下不會脫落，請參考 p74	標準用語 Saya sudah memanggil taksi. 我叫了計程車。 ＊ sudah （時態副詞）已經、早就 ＊ taksi 計程車 口語 Saya sudah panggil taksi. 我叫了計程車。 ≡ Saya sudah *manggil* taksi. 生活口語中省略 memanggil 中的 me-
fokus ⓝ 集中	memfokuskan 集中在～上	標準用語 Para pelajar memfokuskan diri pada pelajaran. 學生們正集中在課程（學習）上。 ＊ para ～們 ＊ pelajar 學生 ＊ diri 自己本身 ＊ pada 對～、在～（對象、時間） ＊ pelajaran （小學～高中）課程 ＊ memfokuskan diri pada 集中在～上 請參考詞綴篇 p90 環綴詞 me-kan 的意思

visual ⓐ 肉眼可見的	memvisualkan 視覺化	標準用語	Pengarang itu memvisualkan karakter pahlawan di karyanya. 那位作家將其作品中的英雄特質具像（具體）化了。

* pengarang 作家

* karakter 角色

* pahlawan 英雄

* di 在～（位置）

* karya 作品

進階　**p 不脫落的狀況**

當字根是以 p 開頭的外來語時

produksi　⇒　**mem**produksi
生產　　　　　　　生產

範例 Perusahaan itu **memproduksi** barang-barang elektronik.
那家公司生產電子產品。

被引用至印尼語中時間較久的外來語單字則可套用一般（p 脫落）規則。

▶memproduksi 生產

▶barang 物品

▶barang-barang 物品（複數）

▶barang-barang elektronik 電子產品

2-2 men- ＋以 d、j、t、c 開頭的字根

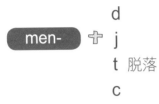

men- ＋ d
j
t 脫落
c

字根	meN- 動詞	例句
dorong Ⓥ（往前）推	mendorong （往前）推	標準用語 Dia mendorong pintu itu. 他推開了那扇門。 * pintu 門 口語 Dia dorong pintu itu. 他推開了那扇門。
jemput Ⓥ 接	menjemput 接 英 to pick up	標準用語 Kami akan menjemput tamu dari Indo-nesia. 我們將要去迎接來自印尼的客人。 * kami 我們（不含聽者） * akan 將要～ * tamu 客人 * dari 來自～、從～（英 from） 口語 Kami akan jemput tamu dari Indonesia. 我們要去接印尼來的客人。

tunggu
Ⓥ 等待

menunggu
等待

t 脱落

標準用語 Kami akan menunggu jawaban Anda.
期待您的回信。

*kami 我們（不含聽者）

*jawaban 回信、回覆

*Anda （第二人稱）您

請參考基本篇 p24 稱呼

口語 A：Kamu lagi apa?
你在做什麼？

B：Tunggu teman.
等朋友。

≡ *Nunggu* teman. 生活口語

省略 menunggu 中的 me-

*lagi + 動詞 正在～

*apa 什麼

*teman 朋友

---

cari
Ⓥ 找、尋找

mencari
找、尋找

標準用語 Wawan sedang mencari kartu namanya.
Wawan 正在找他的名片。

請參考詞綴篇 p131 -nya

*sedang + 動詞 正在～

*kartu nama 名片（英 name card）

口語 Wawan sedang cari kartu namanya.
Wawan 正在找他的名片。

≡Wawan sedang *nyari* kartu namanya.
生活口語

cuci 洗 標準用語 mencuci

cuci baju 洗衣服 = nyuci baju 口語

curi 偷 標準用語 mencuri

curi uang 偷錢 = nyuri uang 口語

當字根是以 t (tr-) 開頭的外來語時

transfer uang
匯款

⇒ **men**transfer uang
匯款

> 範例 Kami akan **mentransfer uang** kepada mereka.
> 我們要匯錢給他們。

▸kami　我們（不含聽者）
▸uang　錢
▸kepada　給～

transmisi
傳送

⇒ **men**transmisikan data
傳送資料

> 範例 Mereka mencoba **mentransmisikan** data pada
> waktu yang sama.
> 他們試圖同時傳送資料。

▸mencoba　試圖～（英 to try）
▸pada waktu yang sama　同時
▸waktu　時間
▸sama　相同

2-3 meny- ＋以 s 開頭的字根

meny- ➕ s 脫落

字根	meN- 動詞	例句
sewa ⓝ 租賃	**menyewa** 承租 **s**脫落 英 to rent	標準用語 Perusahan kami berencana menyewa gedung di daerah Kuningan. 本公司有計劃要在庫寧岡地區承租建築物。 ＊ perusahaan 公司 ＊ rencana 計劃 ＊ berencana 有計劃 ＊ gedung 建築物 ＊ daerah 地區 ＊ Kuningan （位於雅加達的地區名）古寧安 口語 Saya mau sewa apartemen. 我打算要租個公寓。 ☰ Saya mau *nyewa* apartemen. 生活口語 省略 menyewa 中的 me- ＊ mau 打算～、想要～ ＊ apartemen 公寓

當字根是以 s 開頭的外來語時，加上前綴詞 **men-**。

stabil	⇨	**men**stabil**kan**
穩定的		使〜穩定化

範例 Pemerintah akan segera **menstabilkan** harga BBM.

政府即將穩定油價。

▶segera 即將
▶BBM (Bahan Bakar Minyak) 燃料

sosialisasi	⇨	**men**sosiaslisasi**kan**
社會化		使〜社會化

範例 PNRI(Perpustakaan Nasional Republik Indonesia) akan
mensosialisasikan program "Gemar Membaca".

印尼國立中央圖書館欲將「快樂閱讀」企劃社會化。
（為傳承閱讀文化所實施的企劃）

▶perpustakaan 圖書館
▶nasional 國立的
▶gemar + 動詞 愉快地做〜 　書面體
▶membaca 閱讀

初引用至印尼語中時間較久的外來語單字則可套用一般規則。
sukses 成功的 → menyukseskan 使〜成功

meng- ＋
a
e
i
o
u
g
h
k　脫落
kh

字根	meN- 動詞	例句
ajak Ⓥ 找～一起～、邀請	mengajak 找～一起～、邀請	標準用語 Mereka mengajak saya makan malam. 他們邀請我吃晚餐。 ＊makan malam　吃晚餐、晚餐 口語 Mereka ajak saya makan malam. 他們找我（一起）吃晚餐。 三 Mereka *ngajak* saya makan malam. 生活口語 省略 mengajak 中的 me-
ejek Ⓥ 捉弄	mengejek 捉弄	標準用語 Mereka mengejek anak saya. 他們捉弄了我的孩子。 ＊anak　子女、孩子 ＊anak saya　我的孩子 口語 口語中使用 ngejek，而非 ejek。 Mereka *ngejek* anak saya. 生活口語 他們捉弄了我的孩子。 省略 mengejek 中的 me-

inap	menginap	
Ⓥ 住宿、留宿（在住宿設施、親友家）	住宿、留宿（在住宿設施、親友家）	

標準用語 Dia akan menginap di hotel.

他會住在旅館。

* akan 將會～

口語 使用 nginap，而非直接使用 inap。

Dia akan *nginap* di hotel. 生活口語

省略 menginap 中的 me-

obrol	mengobrol	
Ⓥ 聊天	聊天	

標準用語 Direktur itu mengobrol lama dengan sekretarisnya.

那位部長與他的秘書聊了很久。

* direktur 部長
* lama 許久
* dengan （英 with）與～
* sekretaris 秘書

口語 口語中使用 ngobrol，而非 obrol。

Direktur itu *ngobrol* lama dengan sekretarisnya. 生活口語
那位部長與他的秘書聊了很久。
省略 mengobrol 中的 me-

urus	mengurus	
Ⓥ 辦事、管理	辦事、管理	

標準用語 Dia mengurus bagian pemasaran di perusahaan itu.

他在那間公司管理行銷部門。

* bagian 部分、部門
* bagian marketing /bagian pemasaran 行銷部

口語 口語中使用 ngurus，而非 urus。

Dia *ngurus* bagian pemasaran di perusahaan itu. 生活口語
他在那間公司管理行銷部門。
省略 mengurus 中的 me-

ganggu
Ⓥ 妨礙、干擾

mengganggu
妨礙、干擾

標準用語 Mereka sering mengganggu orang-orang yang berjualan di jalan itu.
他們經常干擾在那條路上做生意的人。

* sering 經常
* orang-orang 人們
* berjualan 販賣～
* di jalan itu 在路上

口語 Jangan ganggu saya.
別煩我（不要打擾我）。

* jangan 不要～（英 don't）

Mereka sering *ngganggu* orang-orang yang berjualan di jalan itu.
生活口語
省略 *mengganggu* 中的 me-
他們經常干擾在那條路上做生意的人。

---

hapus
Ⓥ 擦掉

menghapus
擦掉

標準用語 Saya bertugas menghapus papan tulis.
我負責擦黑板。

* bertugas 負責～
* tugas 任務、業務、課題
* papan tulis 黑板（papan 板 tulis 寫）

口語 Saya bertugas *ngehapus* papan tulis.
我負責擦黑板。

印尼語中不可能出現〔子音＋子音＋子音〕的組合，所以放進 e（母音特徵是平凡的母音）來發音。

kirim
ⓥ 寄（包裹）

mengirim
寄（包裹）
k 脫落

標準用語 Saya sudah mengirim email kepada mereka.

我寄了 email 給他們。

> * kepada 給～（英 to）

口語 Saya sudah kirim email kepada mereka.

≡ Saya sudah *ngirim* email kepada mereka. 生活口語
省略 mengirim 中的 me-

---

khawatir
ⓐ 令人擔心的

mengkhawatirkan
擔心～

標準用語 Banyak orang tua mengkhawatirkan kondisi anaknya setelah mendengar berita tentang perang itu.

許多父母在聽了針對戰爭的新聞報導後都很擔心子女的狀況。

> * banyak 很多、許多
> * orang tua 父母親
> * kondisi 狀態、狀況
> * setelah ～之後
> * mendengar 聽
> * berita 新聞
> * tentang 針對～
> * perang 戰爭

口語 口語中使用 ngekhawatirin。

以 k + 子音 開頭的字根

字根呈現 k + r 或 k + l 等 k + 子音的形態時，**k** 不脫落，字根直接和前綴詞 meng- 結合。

1 kritik ⇨ meng**kritik** 批判

範例 Para pembaca koran **mengkritik** isi atikelnya.
報紙的讀者們批判了那篇報導的內容。

▶kritik 批評、批判
▶para ～們
▶pembaca 讀者　　請參考前綴詞 p115 peN-
▶koran 報紙
▶isi 內容
▶artikel 報導

2 klasifikasi ⇨ meng**klasifikasi** 將～分類

範例 Cara **mengklasifikasi** buku tidak sulit.
分類書籍的方法並不難。

▶klasifikasi 分類
▶cara 方法
▶buku 書
▶sulit 困難

3 kreasi ⇨ meng**kreasikan** 讓～有創意

範例 Berikut ini adalah cara **mengkreasikan** jilbab.
接下來是用穆斯林頭巾（讓髮型）變得更與眾不同的方法。

▶kreasi 有創意的物品
▶berikut ini 接下來的內容
▶adalah 是～
▶jilbab 穆斯林女性圍在頭上的布

不論字根首字母為何， 單音節 時的狀況如下：

字根	meN- 動詞	例句
cek v 確認	mengecek 確認	標準用語 Anda harus mengecek barang bawaan Anda sebelum turun. （公車內部廣播）下車前請務必確認您的隨身物品。 * harus 必須要～ * barang 物品 * barang bawaan 隨身物品（帶來的東西） * sebelum ～前 * turun 下車 口語 Kamu harus cek barang bawaanmu. 要確認隨身物品。 〓 Kamu harus ngecek barang bawaanmu. 生活口語 省略 mengecek 中的 me- * barang bawaanmu = barang bawaan kamu 你的隨身物品

東西都有拿吧？

當然囉～都有拿好～～

tes
ⓝ 檢驗

mengetes
檢驗

標準用語 Dia sedang mengetes kualitas produk itu.
他正在檢驗該產品的品質。

* kualitas 品質（英 quality）

* produk 商品

口語 Dia sedang *ngetes* kualitas produk itu.
他正在檢驗那樣產品的品質。
生活口語
省略 mengetes 中的 me-

---

bel
ⓝ 鈴聲 英
（英 bell）

mengebel
打電話

標準用語 Dia sedang mengebel sopirnya.
他正在打電話聯絡司機。

* sopir 司機

口語 Dia sedang *ngebel* sopirnya.
他正在打電話聯絡司機。
生活口語
省略 mengebel 中的 me-

字根	meN- 動詞	例句
rasa ⓝ 感覺	**merasa** 感覺、覺得	標準用語 Saya merasa penjelasannya benar. 我覺得那個說明是正確的。 ＊ penjelasan 說明 ＊ benar 正確 口語 Saya rasa penjelasannya benar. 我覺得那個說明是正確的。 ≣ Saya *ngerasa* penjelasannya benar. 生活口語
lihat ⓥ 看	**melihat** 看 英 to see	標準用語 Dia tidak bisa melihat apa-apa. 他什麼都看不到。 ＊ tidak bisa 標準用語 ＝ enggak bisa 口語 不能～ 口語 Dia enggak bisa lihat apa-apa. 他什麼都看不到。 ≣ Dia enggak bisa *ngelihat* apa-apa. 生活口語

masak
v 烹飪、做菜

memasak
烹飪、做菜

標準用語 Ayah saya suka memasak.
家父喜愛烹飪。

> * ayah 父親
> * suka + 動詞 喜歡～

口語 Ayah saya suka masak.
我爸爸喜歡做菜。

好硬啊ㄒ.ㄒ

nyanyi
v 唱歌

menyanyi
唱歌

標準用語 Anak saya pandai menyanyi.
我的孩子擅長唱歌。

> * pandai + 動詞 擅長～

口語 Anak saya pandai nyanyi.
我的孩子很會唱歌。

以下例句中的前綴詞 **meN-**（mem-、men-、meng-等）在文法上有變得更～的意思，不需要連接受詞。
此時前綴詞不可省略。

meN- 不需要
受詞的動詞

1 Setelah diet, perut saya mengecil.
減肥以後我的肚子變小了。（腹部贅肉減少）

▷setelah 做～之後
▷diet 減肥
▷perut 腹部
▷perut saya 我的腹部
▷mengecil (字根 kecil) = menjadi kecil 變小

2 Kondisi kesehatan dia sudah membaik.
他的健康狀況變好了。

▷kondisi 狀況
▷kesehatan 健康
▷membaik (字根 baik) = menjadi baik 變好

3 Pekerjaan saya menggunung.
工作堆積如山。

▷pekerjaan 工作
▷gunung 山
▷menggunung = menjadi gunung （直譯）變成山 →（工作）堆積如山

環綴詞 meN-kan

meN- + 字根 + -kan = 動詞（或心理形容詞）

文法意義

① 把～變得～

② （為了某人，替某人）做～

③ 讓人～（與心理形容詞結合）～

預覽

① membuat~sehat = menyehatkan　　讓～變得更健康

② memanggil~untuk = memanggilkan　　為～呼叫

③ membuat~bangga = membanggakan　令人驕傲

Makanan ini membuat badan kita sehat.

≡ Makanan ini menyehatkan badan kita.

這種食物能讓我們的身體健康。

* makanan 食物

* badan 身體

* membuat 讓～、使～

* membuat badan sehat = menyehatkan badan 讓身體健康

membuat ~ sehat
≡ menyehatkan

讓～健康

Olahraga akan menurunkan berat badan.
運動能使身體的重量下降。
（運動的話體重就會減少）

• olahraga 運動
• akan 將會～
• turun 下降
• menurunkan 使～下降
• berat badan 體重
• berat 重的

② （為了某人，替某人）做～

Dia memanggil taksi untuk **atasannya.**

≋ **Dia memanggilkan atasannya taksi.**

他幫他的上司叫了計程車。

* memanggil （字根 panggil）呼叫（某人）

* memanggil taksi 叫計程車

* untuk 為了～

* atasan 上司

* atasannya = atasan dia 他的上司

---

memanggil ~ untuk

≋ **memanggilkan**

為～呼叫

Dewi mengambil tas untuk temannya.
= Dewi mengambilkan temannya tas.

Dewi 幫朋友把包包拿過來了。

Tolong panggilkan taksi.
= Tolong panggilin taksi. 生活口語

請（幫我）叫計程車。 請參考語法篇 p188 命令句

• mengambil tas 拿包包

• temannya =teman dia
（Dewi 是第三人稱，
故 temannya 指的是 Dewi 的
朋友，-nya 指的則是 Dewi）

③ 讓人～（與心理形容詞結合）

Presentasi itu membuat saya pusing.

⇌ Presentasi itu memusingkan.

讓我頭痛的事情

這個發表讓人頭痛。
（頭痛的事情讓**我**→有明確的**受詞**，故可省略）

* presentasi 發表
* membuat 讓～、使～
* pusing 頭痛的、（讓我）頭痛的
* memusingkan 讓人頭痛的

Hasil ujian anak saya membuat saya bangga.
= Hasil ujian anak saya membanggakan.

我家孩子的考試結果很讓人驕傲。
感覺到驕傲讓**我** → 有明確的**受詞**，故可省略

• film 電影
• bikin 口語 讓～、使～
• sedih 悲傷的
• bikin sedih 讓人悲傷

Film itu menyedihkan. 這部電影很悲傷。
= Film itu bikin sedih. 生活口語
直譯：這部電影讓我感到悲傷。

 **文法**

❶ takut 與 menakutkan 的差異

Dia takut.　　　　　　他害怕。

Dia takut hantu.　　　　他怕鬼。

▶ hantu　鬼

Dia menakutkan. 他是個可怕的人。

=Dia membuat orang lain takut.

他讓人害怕。

▶ orang lain　別人
▶ takut　可怕的

❷ bosan 與 membosankan 的差異

Saya bosan.　　　　　　我很煩悶。（無聊）

英I am bored.

▶ film　電影
▶ bosan　（我所感受到的情緒）無聊、煩悶

Film itu membosankan. 那部電影很無聊。（讓我感到無聊）

英That movie is boring

環綴詞 **meN-kan**

1 **meN-kan** 把～帶到～去

範例 Polisi itu menyuruh dia **meminggirkan** mobilnya.

那警察叫他把車子停到路邊。

▷polisi 警察
▷menyuruh 指示、指使（字根 suruh）
▷pinggir （路）邊
▷meminggirkan 帶去～（路）邊、挪到角落
▷ke pinggir (jalan) 往（路）邊
▷mobil 車
▷mobilnya = mobil dia 他的車（dia 為第三人稱單數）

2 **meN-kan** 把～當作～、讓～成為～

範例 Dia selalu **menomorduakan** keluarganya.

他總是把家人排在第二順位。

▷selalu 總是
▷keluarga 家人
▷nomor dua 第二

環綴詞 meN-i

meN- + 字根 + -i = 動詞

文法意義

① 給～

② 後綴詞 -i 為介係詞功能

③ 反覆地做～

① memberi + nama = menamai   取名字

② hadir + pada = menghadiri   出席～

③ berkali-kali memukul = memukuli   反覆敲打

① 給～

Rini ingin memberi nama anaknya Agnes.

≋ **Rini ingin menamai anaknya Agnes.**

Rini 想將孩子取名為 Agnes。

* ingin （書面體）想要～
* memberi 給
* anak 孩子

Presiden direktur itu telah memberi tanda tangan surat itu.

= Presiden direktur itu telah menandatangani surat itu.

總經理在那份信函上簽名了。

• presiden direktur 總經理
• tanda tangan 簽名、署名
• tanda 標示
• tangan 手
• surat 信件、信函

② 以 me-i 中的 i 來代替介係詞

| 字根 | ✛ | 介係詞 | ≋ | meN- | ✛ 字根 ✛ | -i |

hadir   **pada**   **meng-hadir-i**

出席   空間介詞～（活動）   出席～

Presiden Indonesia akan hadir pada acara itu.

≋ **Presiden Indonesia akan menghadiri acara itu.**

印尼總統將出席那個活動。

* presiden 總統
* hadir 出席、參與
* hadir pada 出席～ = menghadiri
* pada 時間、場所、活動、位於對象前方的介係詞
* acara 活動

文法

◆ meN-i 給～

memberi biaya 繳費
=membiayai

▷ memberi 給
▷ biaya 費用

memberi dana 投資
=mendanai

▷ dana 資金

memberi warna 加上顏色 → 染色
=mewarnai

▷ warna 顏色

memberi nasihat 給予建議
=menasihati

▷ nasihat 建議

Rombongan itu akan berkunjung ke Makassar.
= Rombongan itu akan mengunjungi Makassar.

那團人將會造訪望加錫。

- rombongan 團體、（訪問）團
- akan 將要～
- berkunjung ke 造訪～
- ke 前往～（方向）
- Makassar
（蘇拉威西島的都市名）望加錫

③ 反覆地做～

Dia berkali-kali memukul dinding karena sangat marah.

≡ Dia memukuli dinding karena sangat marah.

他非常生氣，反覆搥打著牆壁。

* berkali-kali + 動詞 反覆做～數次
* memukul 敲打（字根 pukul）
* dinding 牆壁
* marah 生氣

Dia berkali-kali mencubit bayi yang lucu itu.
= Dia mencubiti bayi yang lucu itu.

他反覆捏那可愛的嬰兒。

- mencubit 捏（字根 cubit）
- bayi 孩子
- lucu 可愛

前綴詞 memper-

memper- + 字根 = 動詞

前綴詞 memper- 結合形容詞字根後
便多了「讓～更～」的意思。
此外也有「把～當作～」與「當作～對待」的意思。
記下整體的詞彙意義會比死背文法更好喔。

預覽

① memper**cepat**　讓～（步驟）進行得更迅速

② memper**budak**　當做奴隸對待

1 讓～更～ 〔結合形容詞字根〕

Pemerintah Indonesia telah membuat sistem baru untuk mempercepat proses visa.

印尼政府為了讓簽證的程序更加迅速，建立了新的系統。

* pemerintah 政府
* sistem baru 新系統
* proses 程序、步驟
* cepat 快速

mempermudah proses	讓步驟更簡單	• mudah 簡單
mempersulit proses	讓步驟更困難	• proses 步驟、過程
memperluas halaman	讓庭院更寬敞	• sulit 困難
memperpanjang visa	讓簽證延長	• luas （空間）寬敞
		• halaman 庭院
		• panjang 長

2 把～當作～、當作～對待 〔結合名詞字根〕（使用頻率相對較低）

Dia memperbudak bawahannya.

他把下屬當成奴隸在使喚。

* memperbudak 當成奴隸、當作奴隸對待
* bawahan 下屬
* bawah 下面（的）
* budak 奴隸

memperistri	當作夫人
mempersuami	當作丈夫
memperkuda	（把人）當作馬來使喚
memperanak	當作子女

（= menganggap + 受詞（人）+ anaknya 把～當作子女）

環綴詞 **memper-kan / memper-i**

1 memper-kan 與 ber- 動詞＋介係詞意思相同

範例 Para konsumen **mempertanyakan** keaslian kopi luwak Lampung.

消費者們在質疑楠榜的麝香貓咖啡是不是真的。

mempertanyakan = bertanya-tanya tentang
重視～、有疑問、質疑

▶tanya 詢問
▶konsumen 消費者
▶para konsumen 消費者們
▶asli 真的（英 original, genuine）
▶keaslian n. 真貨、本性
▶kopi luwak 麝香貓咖啡
▶Lampung （地名）楠榜

★ bertanya tentang 重視～、有疑問
★ menanyakan 向～詢問～、要求針對～的說明
★ Saya akan menanyakan masalah itu kepada dia.
　我將會詢問他這個問題（要聽他說明事情的原委）

2 memper-kan 使～發生、使～成為～

範例 Perusahaan itu akan mengadakan rapat umum guna **mempertemukan** para investor.

那家公司為了與投資者們會面，即將召開大會。

memper**temu**kan
使～見面

▶rapat 會議
▶mengadakan rapat 召開會議
▶umum 公共的、一般的
▶rapat umum 大會
▶guna 以～為目的、為了～
▶para investor 投資者們

把前頁內容以外的單字一次背起來吧！

* memperlakukan　　　對待～
* mempermasalahkan　將～視為問題
* mempertimbangkan　考慮～、衡量～

3 **memper-i** 熟記幾個常用的單字就夠了！

範例 **memperbarui** 讓～變得更新　　　　　　　　　　　　▶baru 新的

memperbaiki 讓～變得更好、修正～　　　　　　　　　　▶baik 好的

memperingati 緬懷（歷史上的紀念日）、紀念　　　　　▶ingat 記得

memperingati hari kemerdekaan

▶memperingati 緬懷～、紀念～
▶hari kemerdekaan 獨立日

前綴詞 ter-

ter- + 字根 = 動詞 or 形容詞

文法意義

① （非刻意、無意識地）做～、（無意間）成為～

② 如同被動詞 di-「被～」

③ （表示完結）全都～完了

④ （最高級）連接在形容詞字根前時指最～的

預覽

① terinjak （因他人的失誤）被踩到

② terlihat 被看見

③ terjual （全都）賣完了

④ 最高級 ter- + 形容詞 → tertinggi （個子）最高、（建築物）最高

① （非刻意、無意識地）做～、（無意間）成為～

 Kenapa?

怎麼了？

 Aduh...kakiku terinjak.

哎唷…有人踩到我的腳了。（直譯：我的腳被踩到了）

* kenapa 怎麼了
* kaki 腿、腳
* injak 踩
* terinjak （非刻意地）被踩到
* diinjak （故意地）被踩 di- 被動式前綴詞

② 如同被動綴詞 di-「被～」

Puncak gunung itu terlihat dari sini jika cuaca cerah.

天氣晴朗的話就可以從這裡看到山頂。

* puncak 頂峰（英 summit）
* gunung 山
* lihat 看（英 to see）
* terlihat 被看到
* dari sini 從這裡
* jika 如果～（英 if）
* cuaca 天氣
* cerah （天氣）晴朗

terlihat = dapat dilihat　　被看到（可以被看到－可能性）

* dapat 可以做～　書面體、標準用語

③ （表示完結）全都～完了

Tiket konser Mayday itu terjual habis dalam tiga menit.

五月天演唱會的票不到3分鐘就賣完了。

> * tiket 票
> * konser 演唱會
> * dalam 〜之內
> * menit 分鐘
> * habis 都用完了、都沒有了
> * terjual habis 賣完

terjual = sudah dijual 都售出＝已售出

> * sudah （時態副詞）已經

④ （最高級）最高級 ter- + 形容詞　最～的

並非所有結合前綴詞 ter- 的最高級形容詞型態都是自然的。

口語中通常使用 paling + 形容詞的型態，書面中則寫做 ter-。

tinggi	（個子）高、（建築物）高	paling tinggi = tertinggi	最高的
mahal	昂貴	paling mahal = termahal	最貴的
besar	大	paling besar = terbesar	最大的
dekat	近	paling dekat = terdekat	最近的

環綴詞 ter-kan / ter-i

1 ter-kan （完結）全都～完了 ＝ telah + di- 字根 -kan

★ selesai　主詞（人）✛ menyelesaikan ✛ 受詞　～把～結束了
Ⓥ 都好了、
　結束了　主詞（事物）✛ terselesaikan ＝ telah diselesaikan
　　　　　　　　　　　　　　　　　～結束了（變成完結狀態）

▷telah 完結的時態副詞　di- 被動式前綴詞

範例 Pemerintah harus **menyelesaikan** banyak masalah lingkungan.
政府必須解決許多環境問題。

範例 Masalah itu **terselesaikan** dengan baik.
那個問題已經妥善解決了。

▷masalah 問題
▷lingkungan 環境
▷dengan baik 妥善地、好好地

2 ter-i （完結）全都～完了 ＝ telah + di- 字根 -i

★ penuh　主詞（人）✛ memenuhi ✛ 受詞 ～將～填滿了、具備，符合（條件）
ⓐ 充滿
　　　　　主詞（事物）✛ terpenuhi ＝ telah dipenuhi
　　　　　　　　　　　　　　　　　被填滿了、被實現了

範例 Para pelamar kerja harus **memenuhi** syarat.
求職的應徵者們必須符合條件。

▷para ～們
▷pelamar 應徵者
▷harus 必須～
▷syarat 條件

範例 Untuk lolos seleksi dokumen, semua syarat harus **terpenuhi**.
為通過書面審查，必須符合所有條件。

▷untuk 為了～
▷lolos 通過
▷seleksi dokumen 書面審查
▷semua 所有的　▷syarat 條件
▷harus 必須～
▷terpenuhi 完全具備或符合（完結）

環綴詞 ke-an

ke- + 字根 + -an = 謂語（動詞 or 形容詞）or 名詞

文法意義

① 遭遇到不好的、負面的事

② （結合狀態形容詞）太～、非常～

③ ke- + 形容詞 or 動詞 + -an = 名詞

預

① hilang	消失、失去	→ kehilangan	遺失
② panas	熱、燙	→ kepanasan	太熱
③ sehat	健康的	→ kesehatan	健康

① ke- + 形容詞 or 動詞 + -an （通常）遭遇了不好的事

字根		例句
hilang 消失	kehilangan 遺失	Saya kehilangan HP kemarin. 我昨天遺失了手機。 ＊ HP 手機 ＊ kemarin 昨天
tinggal 留下	ketinggalan （物品）忘了帶	Dompet saya ketinggalan di kantor. 我把錢包忘在辦公室了。 ＊ dompet 錢包 ＊ kantor 辦公室
tidur 睡覺	ketiduran 睡著了	Aduh maaf, aku ketiduran. Tunggu 15 menit lagi, ya~ 啊！抱歉，我睡著了。 再等我15分鐘好嗎～ Ok, aku tunggu di luar, ya~ 好，我在外面等你～ ＊ aduh （感嘆詞）啊、哎唷 ＊ maaf 抱歉 ＊ tunggu 等 ＊ 15 [lima belas] menit 15分鐘 ＊ lagi 書面體 更、再、又 ＊ di luar （在）外面

~ya 雖然能讓語氣更溫和
但並不是什麼時候都能用噢！
在這裡是用來表現話者向聽者確認
自己所說過的話之意圖。

banjir 洪水	**kebanjiran** 水災	**Desa saya kebanjiran waktu musim hujan.** 我的村子在雨季時遭逢了水災。

* desa 村子

* waktu 〜的時候

* musim hujan 雨季

（musim 季節 hujan 雨）

引申 **Kota Bandung *kebanjiran* wisatawan mancanegara.**

萬隆市被外國觀光客擠得人山人海。

* kota 都市

* wisatawan 觀光客

* mancanegara 外國、世界各國

hujan 雨	**kehujanan** 淋雨	**Saya kehujanan kemarin, soalnya enggak bawa payung.** 我昨天沒帶傘，所以淋到雨了。

* bawa 帶來、帶去（標準用語 membawa）

* payung 雨傘

* soalnya 因為〜、由於〜的緣故（英 the thing is~）

* kemarin 昨天

② ke- + 狀態形容詞 + -an　太～、非常～

字根	例句
lapar 肚子餓　　kelaparan 肚子太餓了	Saya belum makan apa-apa sampai sekarang. Saya kelaparan. 我到現在都還沒吃任何東西。 我肚子太餓了。（我餓死了） ＊makan　吃 ＊sampai　直到～ ＊sekarang　現在 ＊apa-apa　（結合否定用語）什麼東西都
panas 熱　　kepanasan 太熱了 lama 久　　kelamaan 太久了	Anak saya kepanasan karena kelamaan di luar. 我的孩子因為在外面待太久而中暑了。 ＊kepanasan　太熱、中暑 ＊lama　久 ＊di luar　外面
dingin 冷　　kedinginan 太冷了	Kamu harus pakai sarung tangan supaya tidak kedinginan. 你要戴上手套才不至於太冷。 ＊pakai　穿戴 ＊harus　必須～ ＊sarung tangan　手套 ＊supaya　讓～、使～

capai 疲倦	kecapaian 非常疲倦	Kami lembur terus sejak minggu kemarin, jadi semuanya kecapaian.

我們從上週起就一直在加班，所以所有人都處於非常疲倦的狀態。

* lembur　正常上班時間以外的工作、上夜班、加班

* 動詞 + terus　一直在～

* sejak　從～起（英 since）

* minggu kemarin　上週

* jadi　所以（英 so）

* semua　所有、全部

單字劃重點！

Ibu guru (Bu guru)　**直接稱呼老師時**，與稱呼其他人一樣，在**女性／男性的稱謂後加上名字**。

Ibu Ani (Bu Ani)　Ani 老師

Bapak Suhandano (Pak Suhandano)　Suhandano 老師

或是以**老師**的稱謂，使用 **Bu guru / Pak Guru**。

請參考 p25 稱謂相關內容 **Guru Ani (x)**

Guru Suhandano (x)

文法

以下範例請另外背熟喔！

❶kelihatan　　**看起來～**

Kamu kelihatan capai.　　你看起來累。

Kamu kelihatan pucat.　　你看起來蒼白。

▶ lihat　看（英 to see）
▶ capai　累 [capek]（請注意發音）

❷kedengaran　　**聽得到～**

Diam! Suara Pak guru tidak kedengaran.

（班長說）安靜！都聽不到老師的聲音了。

▶ dengar　聽（英 to hear）
▶ diam　安靜的、沉默的
▶ suara　聲音
▶ guru　教師

3 ke- + 形容詞 or 動詞 + - an ●

形容詞	詞義	名詞	詞義
sehat	健康的	kesehatan	健康
cantik	美麗的	Kecantikan	美麗、美容
jujur	坦率的	kejujuran	坦率
bersih	乾淨的	kebersihan	清潔
mampu	有～能力的	kemampuan	能力
berani	有勇氣的	keberanian	勇氣
sukses	成功的（英 successful）	kesuksesan	成功

動詞	詞義	名詞	詞義
berhasil	成功（hasil 結果、成就）	keberhasilan	成功
datang	來	kedatangan	抵達
berangkat	出發	keberangkatan	出發
hadir	出席	kehadiran	出席
percaya	相信	kepercayaan	信仰、信任

前綴詞 peN- / pe-

peN- / pe- + 字根 = 名詞

文法意義

① me- 動詞 → peN-　做～的人或道具

② 形容詞　 → peN-　某種傾向嚴重的人

③ ber- 動詞 → pe-　做～的人

> peN-
> 依動詞或形容詞字根的第一個字母（音韻）分為
> pem-, pen-, peng-, penge-, pe- 等。

單字	詞義		單字	詞義
① membeli	買		pembeli	購買者
menjual	賣	→	penjual	販賣者
menghapus	清除		penghapus	橡皮擦
② malu	害羞的		pemalu	很害羞的人
diam	安靜的、沉默的	→	pendiam	話很少的人
③ berdagang	做貿易		pedagang	貿易人士、商人
bermain	玩、競賽 英 to play	→	pemain	（運動）選手

環綴詞 per-an

per- + 字根 + -an = 名詞

功用為將有 ber- 的動詞中給名詞化。

請參考詞綴篇 p68 前綴詞 ber-

預覽

① berbeda	不同	perbedaan	差異
② bertemu	見面	pertemuan	會議、聚會
③ berubah	改變	perubahan	變化
④ bekerja	工作	pekerjaan	工作
⑤ berjalan-jalan	四處走動	perjalanan	旅行

1 berbeda 不同 ～ perbedaan 差異

Andri dan Ayu sangat berbeda,

tetapi perbedaan itu tidak menghalangi cinta mereka.

Andri 與 Ayu 彼此之間雖然有許多不同的地方，但這些差異阻礙不了他們之間的愛。

* sangat （置於謂語前）非常
* berbeda 不同
* tetapi 但是
* perbedaan 差異
* menghalangi 阻礙～
* cinta 愛

2 bertemu 見面 ～ pertemuan 會議、聚會、相會

Para presiden seluruh dunia akan bertemu untuk membicarakan

agenda global. Pertemuan itu akan berlangsung di Bali.

全世界各國的總統們即將會晤討論全球性議程。
那個會議將在巴里島舉行。

* para presiden 總統們
* seluruh dunia 全世界
* akan 即將～
* bertemu 見面
* untuk 為了～（英 to 原形動詞）
* membicarakan 談論～
* agenda 議程
* pertemuan 會議、聚會、相會
* berlangsung 進行
* di 在～

③ berubah 改變 ～ perubahan 變化

Kebijakan pajak akan berubah.

Perubahan kebijakan tersebut akan berlaku mulai tahun depan.

稅金政策將會改變。
該政策的更動將在明年起生效。

* kebijakan 政策
* pajak 稅金
* berubah 改變
* perubahan 變化
* tersebut （前文中）提到過的、那個（英 mentioned, the）、該…
* berlaku 有效
* mulai adv ～起、v 開始
* tahun depan 明年

④ bekerja 工作 ～ pekerjaan 工作

Mereka sangat rajin bekerja dari pagi sampai malam.

Hasil pekerjaan mereka luar biasa.

他們從早到晚都非常努力工作。
他們的工作成果十分優異。

* mereka 他們（英 they）
* rajin + 動詞 努力地～
* rajin 勤奮的、踏實的
* bekerja 工作
* dari 從～（英 from）
* sampai 到～
* pagi 早上
* malam 晚上
* hasil 成果
* pekerjaan 工作
* luar biasa 非凡的、優異的、厲害的

Rombongan dari Indonesia akan berjalan-jalan di Taipei.

Biaya perjalanan mereka akan ditanggung oleh pihak Taiwan.

來自印尼的訪問團將在台北四處觀光。
他們的旅行經費將由台方負責。

* rombongan　團體、訪問團

* berjalan-jalan　四處走動（旅行）

* biaya　費用

* perjalanan　旅行

* ditanggung oleh　（直譯）因～而背負起責任（被動）

* pihak　～方

* A ditanggung oleh B　A由B來負責

環綴詞 peN-an

peN- + 字根 + -an = 名詞

peN-an 的功用是將 me- 動詞組（me-, me-kan, me-i）的表現名詞化
故 peN-an 依字根的第一個字母可分為
pem-an, pen-an, peng-an, penge-an, pe-an 等結構。

請參考詞綴篇 p72 前綴詞 meN-

預覽

① membangun	建設	→ pembangunan	建設
② menjual	販賣	→ penjualan	販賣
③ menemukan	發現	→ penemuan	發現
④ membayar	支付	→ pembayaran	支付
⑤ meneliti	研究	→ penelitian	研究

① membangun 建設 ～ pembangunan 建設

Salah satu perusahan Korea berencana membangun jembatan di Kalimatan Timur. Namun, pembangunan jembatan tersebut ditunda hingga tahun depan.

某韓國公司有計劃在東婆羅洲搭建橋樑，
但該橋樑的建設已延至翌年。

* salah satu ～中之一
* perusahaan Korea 韓國公司
* berencana 計劃（有計劃）
* membangun 蓋、搭建（字根 bangun）
* jembatan 橋樑
* timur 東部
* namun 但是
* pembangunan 建設
* ditunda 延期（字根 tunda）
* hingga 直到（書面體）
* tahun depan 次年、翌年

② menjual 販賣 ～ penjualan 販賣

Pak Sugianto menjual gorengan di jalan.

Hasil penjualan hari ini cukup memuaskan.

Sugianto 先生在路邊賣油炸食物。
今天的銷售成果相當令人滿意。

* menjual 賣（字根 jual）
* gorengan 油炸食物
* jalan 路
* hasil 結果
* penjualan 販賣
* hari ini 今天
* cukup 充份地、相當地
* memuaskan 使～滿足、使～滿意（後方受詞（人）可省略）

請參考詞綴篇—前綴詞 me-kan

③ menemukan 發現 ～ penemuan 發現

Edison menemukan bola lampu dan mesin proyektor film.

Penemuannya sangat berguna bagi kehidupan manusia.

愛迪生發明了燈泡與電影放映機。
他的發明對人類的生活非常有用。

* menemukan 發明～，發現（字根 temu）

* bola lampu 燈泡

* mesin proyektor film 電影放映機

* penemuan 發現、發明　* berguna 有用

* bagi 對於～（對於～來說）　* kehidupan 人生、生活　* manusia 人類

④ membayar 支付 ～ pembayaran 支付

Mereka belum membayar tagihan listrik.

Pembayarannya setiap tanggal 25.

他們還沒繳交電費。
他們的電費支付日為每個月的25日。

* belum 還沒～

* membayar 支付、繳交

* tagihan listrik 電費

* pembayaran 支付　* setiap 每（英 every）

* tanggal （日期）日（英 date）　* 25[dua puluh lima]

⑤ meneliti 研究 ～ penelitian 研究

Dia ingin meneliti tentang mitos masyarakat Jawa. Dia akan berangkat ke Yogyakarta minggu depan untuk penelitiannya.

他想要針對爪哇社會的迷信做研究。
他為了自己的研究，下週將出發前往日惹。

* ingin 想做～（書面體）

* meneliti tentang 針對～做研究（字根 teliti）

* mitos 迷信　* masyarakat Jawa 爪哇社會、爪哇人們

* berangkat ke 出發前往～　* minggu depan 下週

* untuk 為了～　* penelitiannya = penelitian dia 他的研究（自己的研究）

後綴詞 -an

字根 + -an = 名詞

文法意義

① 字根 + -an：因～的結果所產生的事物（從動詞中衍生）

② （集合名詞）～類

③ 定期循環的時間

④ 數 + -an：大略～左右的數字

預覽

① masak **v**	烹飪	→ masakan	菜餚、料理
② buah	水果	→ buah-buahan	水果類
③ tahun	年（英 year）	→ tahunan	年度例行
④ 30 (tiga puluh) 30		→ 30an(tiga puluh-an)	30餘個；30多的（年齡）

1 字根 + -an　因～的結果所產生的事物〔從動詞中衍生〕

動詞	名詞

memasak　烹飪

Dia jago memasak.
他很擅長烹飪。

- jago 冠軍
- jago + 動詞 ～做得最好

masakan　菜餚、料理

Masakan dia enak sekali.
他的料理真的很好吃。

- enak 好吃的
- sekali（置於形容詞後）非常

membantu　幫助

Perusahaan itu membantu para korban bencana alam.
那家公司幫助了天災的受災戶。

- perusahaan 公司
- para ～們
- korban 犧牲者
- bencana alam 天然災害

bantuan　幫助

Terima kasih banyak atas bantuan Anda.
非常感謝您的幫助。
（＝Terima kasih banyak sudah membantu saya.）

- terima kasih 感謝
- terima kasih banyak 真的很感謝
- terima kasih atas+ 名詞（更加正式）＝ terima kasih sudah + 動詞 感謝您的～（英 thank you for ～）

menulis　寫（文章）[字根] tulis

Dia suka menulis novel.
他喜歡寫小說。

tulisan　文章

Tulisannya sangat mengharukan.
他的文章很感人。

menabung　儲蓄 [字根] tabung

Anak itu punya kebiasaan menabung di celengan.
那孩子有把錢存在存錢筒的習慣。

- anak 孩子
- punya 擁有（英 to have）
- kebiasaan 習慣
- menabung 儲蓄（[字根] ung [口語] nabung）
- celengan 存錢筒

tabungan　存款

Tabungannya lumayan banyak.
他的存款相當多。

- lumayan + 形容詞 相當～
- banyak 多

② （集合名詞）～類

buah	水果		buah-buahan	水果類
sayur	蔬菜	⇒	sayur-sayuran	蔬菜類
laut	海		lautan	海洋

③ 定期循環的時間

surat kabar **harian**	日報
majalah **mingguan**	週刊雜誌
majalah **bulanan**	月刊雜誌
rapat **tahunan**	年度會議

* koran = surat kabar 報紙
* hari 一天、日（英 day）
* majalah 雜誌
* minggu 週（英 week）
* bulan 月（英 month）
* rapat 會議
* tahun 年（英 year）

④ 數 + -an   大略～左右的數字

30an (tahun)	（年齡）30多歲
tahun **1980an** (tahun **80an**)	1980年代（80年代）
500an orang	500餘人
jutaan rupiah	幾百萬印尼盾
ribuan orang	數千人

* tiga puluh 30
* seribu sembilan ratus delapan puluh 1980
* juta （1.000.000）

 請參考基本篇 p60 數字表

12

前綴詞 se-

文法意義

① 一（個）→（一＋量詞）

② 全部的

③ 跟～差不多～（與～一樣的）

預覽

① secangkir kopi   一杯咖啡（小的）

② se-Indonesia   印尼全境

③ setinggi~   個子和～差不多～的

Pemirsa, bagaimana kalau kita mulai hari ini dengan secangkir kopi?

各位觀眾，用一杯咖啡來開啟今天如何？

* pemirsa 觀眾

* bagaimana kalau 做～如何

* mulai 開始

* hari ini 今天

* dengan 用～來、與～一起（英 with）

* cangkir 小茶杯

* kopi 咖啡

Tuangkanlah segelas air ke dalam panci.

請將一杯水倒入鍋子裡。

• tuang 倒

• menuangkan 將～倒入

• tuangkanlah 請倒入

• gelas 杯

• air 水

• ke dalam 往～裡面

• panci 鍋子

要來杯咖啡嗎？

這句話並不會用「Mau secangkir kopi?」來表達，而是說「Mau minum kopi? Mau ngopi?」。

mau 想要～、希望～、打算～

minum kopi 喝咖啡 = 口語 ngopi

② 全部的

Asia adalah benua terbesar sedunia.

亞洲是全世界最大的大陸。

* adalah 是~

* benua 大陸

* terbesar 最大的

 請參考詞綴篇 p106

Para guru SMA dari se-Indonesia akan mempelajari bahasa Mandarin di seminar.

印尼全境的高中教師們將在研討會中學習中文。

- guru 教師
- SMA （Sekolah Menengah Atas 高中）
- mempelajari 學習~
- bahasa Mandarin 中文
- seminar 研討會

---

③ 跟~差不多~（與~一樣的）

Dia setinggi saya. 他跟我一樣高。

Dia sama tingginya dengan saya. 他身高跟我差不多。

Kakaknya tidak sepintar adiknya.

他哥哥（姊姊）並不像他弟弟（妹妹）一樣聰明。

- kakak 哥哥、姐姐
- pintar 聰明的
- adik 弟弟、妹妹

se- + 動詞 一～就～

se- + 動詞 一～就～ 書面體

範例 **Sepulang kerja,**
saya langsung menjemput anak saya di sekolah.

一下班，我就馬上去學校接我的小孩。

▶ pulang 回家
▶ pulang kerja 下班
▶ langsung 馬上、立刻（英 direct, directly）
▶ menjemput 迎接（英 to pick up）
▶ anak 孩子、兒女
▶ sekolah 學校

Setiba di rumah, saya mandi, lalu makan malam.

我一回到家，我就洗澡，然後吃晚餐。

▶ tiba 到達
▶ rumah 家
▶ mandi 洗澡
▶ lalu 之後
▶ makan malam 吃晚餐

sebanyak
sejumlah
senilai

sebanyak, sejumlah, senilai 意指和～差不多（多）、相當於～的價值。

★ Sebanyak 150 orang tewas dalam kecelakaan ini.
這次意外造成了150人死亡。（人數達150、人數相當於150）

• sebanyak + 數字 + 單位 相當於～的數、和～差不多的～
• orang 人
• tewas （因意外而）死亡

★ Sejumlah mahasiswa ikut serta dalam demo menentang kenaikan harga BBM.
許多大學生參與了反油價上升的示威活動。

• mahasiswa 大學生
• ikut serta 參與
• demo 示威（demonstrasi）
• menentang 反對～
• kenaikan 上升
• harga 價格
• harga BBM 油價
• BBM (Bahan Bakar Minyak) 汽油

> sejumlah 與 beberapa 幾個、一些的概念相似，
> 意指一部份～、某種程度的～、數量相當多的～。

★ Lukisan ini senilai 10 juta Rupiah.
這幅畫價值一千萬印尼盾。

• lukisan 畫
• nilai 價值
• juta （1.000.000）
請參考基本篇 p60 數字表

後綴詞 -nya

文法意義

① 代替（前文提到過的）第三人稱所有格・受詞。

② 指特定的人事物（英 the）

③〔動詞 + -nya〕將某動作名詞化

④ 狀語 –nya

預覽

① bapak　　　父親　　　→ bapaknya　　（他／她的）父親

② televisi　　　電視　　　→ televisinya　那臺電視

③ tidur　　　　睡　　　　→ tidurnya　　　睡眠、睡覺

④ seandainya　萬一

① -nya 被用來代替第三人稱（dia 他／她、mereka 他們）

第三人稱所有格

 Katanya, Aris mau ke Amerika, ya?

聽說 Aris 要去美國？

 Iya, dia mau ikut bapaknya.

對啊，聽說是跟她爸爸過去。

* katanya 聽說～（從第三者處聽說）
* mau ke 去～、打算去～
* ikut 跟著去、跟著做～
* bapak 爸爸
* bapaknya = bapak dia = bapak Aris 的爸爸（她的爸爸）

第三人稱受詞

Lina mencintai Aris.

Lina 愛 Aris。

Lina benar-benar mencintainya.

Lina 真的很愛他。

* mencintai 愛～
* benar-benar 真的

如果前文中已出現過與 Aris 相關的話題，則後文中的第三人稱 Aris 則可以用 -nya 代替。

② 指特定的人事物（英 the）

 TVnya tidak dimatikan?

你不關電視嗎？

O ya! Lupa.

噢對耶！我忘了。

* mematikan 關掉～
（被動式：dimatikan）

* lupa 忘記

> TVnya 指的是兩人都知道的
> 某台特定的電視。

③ 形容詞 or 動詞 + -nya　　做某事〔形容詞與動詞名詞化〕

Semalam saya tidur di lantai. Tidurnya tidak nyenyak.

昨晚我睡在地板上。睡得（睡覺這件事）不是很安穩。

* semalam 昨晚
* tidur 睡覺
* lantai 地板
* nyenyak （印尼語：形容詞）（睡眠）酣、沉
* tidur nyenyak 熟睡

Jumlah produksi pabrik itu berkurang.
Berkurangnya jumlah produksi, menaikkan harga
produknya.

那家工廠減少了產量。
由於產量減少，產品的價格便上漲了。
（直譯：產量減少這件事讓那家公司的產品價格上漲了）

• jumlah 數、量
• produksi 生產
• berkurang 減少
• menaikkan 上漲
• harga 價格
• produk 產品

④ 添加 -nya 的狀語

---

sepertinya = [口語] kayaknya　　　　　　好像是～、大概會～

Sepertinya kamu tambah gemuk, ya?
你好像變胖了，是吧？

Kayaknya aku berangkat hari Jumat ini.
我大概會在本週五出發。

- seperti, kayak　就像～、貌似～
- tambah + 形容詞　• gemuk 變得更～胖
- berangkat 出發
- hari Jumat ini 出發本週五

---

kelihatannya　　　　　　看起來～、好像是～

Mereka lagi pacaran, ya?
他們兩個最近交往了，沒錯吧？

Kelihatannya begitu.
看起來是那樣。

- pacaran 戀愛、交往
- lagi pacaran 戀愛中
- begitu 那樣

---

soalnya　　　　　　因為～（理由）〔口語〕

soal 是問題的意思，類似英語中的問題在於、是因為～（[英] the thing is~, the problem is~）。

Dia kenapa enggak masuk kerja hari ini?
他今天為什麼沒上班？

- kenapa 為什麼
- enggak masuk kerja 沒有上班
- hari ini 今天

Katanya, kena flu, Pak.
聽說他感冒了。

- katanya 聽説～、他説～（説出從別人那裡聽來的事情）
- kena flu 感冒
- parah 嚴重

Parah, ya?
嚴重嗎？

- pergantian musim 季節轉換期
- sekarang 現在

Iya, kayaknya. Soalnya lagi pergantian musim sekarang.

= Sekarang lagi pergantian musim, soalnya. 也會出現在句尾。

是的，好像很嚴重。可能是因為最近是在季節轉換期吧。

biasanya   通常

Biasanya saya bangun jam 6 pagi.
=Saya biasanya bangun jam 6 pagi.
=Saya bangun jam 6 pagi, biasanya.
　我通常六點起床。

- bangun 起床
- jam 6[enam] pagi 早上六點

pada umumnya   一般來説

Penyakit itu pada umumnya disebabkan oleh virus.
那種疾病一般來説是因病毒所導致的。

- penyakit 疾病
- disebabkan oleh + 理由 因～所導致的

intinya   重點是～

Intinya, kita harus berpikir positif.
重點是，我們必須要正面思考。

- harus 必須～
- berpikir 思考、想
- positif 正面的、積極的
- berpikir positif 正面思考

pokoknya   （無論如何，其他事都是其次）重要的是～

Aduh, maaf. Aku enggak bisa ikut acara makan.
哎唷，抱歉。我沒辦法一起去聚餐了。

Bagaimana.....? semua orang menunggumu.
Pokoknya kamu harus datang.
怎麼辦…？大家都在等你呢。
無論如何你必須要來。

- ikut 跟著去，一起做（英 to join）
- acara makan 聚餐
- bagaimana 怎麼辦
- semua 全部
- orang 人
- menunggu 等待（字根 tunggu 口語 nunggu）
- menunggumu = menunggu kamu 等你
- datang 來

singkatnya = pendeknya = ringkasnya 簡單來說

Singkatnya, pemerintah berencana memperbaiki
sistem pengaduan online hingga akhir tahun ini.
簡單來說，政府預計在今年年底前改善線上市民服務系統。

- pemerintah 政府
- berencana 計劃
- memperbaiki 改善～
- sistem pengaduan 市民服務系統
- hingga 到～、～之前
- akhir tahun ini 今年年底
（akhir 結束、末尾 tahun 年 akhir tahun 年底）

selanjutnya 接下來（～有後續的內容）

Selanjutnya, Bapak presiden direktur akan membicarakan agenda baru.
接下來，由總經理來談談新的議程。

- presiden direktur 總經理
- membicarakan + 要說的話題：討論～、說～
- baru 新的
- agenda baru 新的議程

berikutnya 下一個、次

Minggu pertama, mereka akan mengunjungi tempat bersejarah.
Minggu berikutnya mereka akan berwisata ke luar kota.
第一週他們將造訪歷史名勝。
次週則是去郊外觀光。

- minggu 週（英 week）
- pertama 第一個
- minggu pertama 第一週
- mengunjungi 造訪～
- tempat 場所
- bersejarah 有歷史的
- tempat bersejarah 歷史名勝
- ke luar kota • berwisata ke 去～觀光
去郊外（ke luar 去外面 kota 都市）

sebisanya　　　　　　　　　　　　　　　　　　　盡力而為

Jangan lembur terus. Sebisanya saja dulu. Sisanya dikerjakan besok.
不要一直加班。先盡力而為就好。剩下的明天再做。

- jangan 不要～（英 don't）
- lembur 加班
- terus 一直
- dulu （置於句尾）先
- dikerjakan 🐵 請參考命令句進階 （主動：mengerjakan 做～工作）
- besok 明天

masalahnya　　　　問題在於、因為（英 the problem is ~, the thing is ~）

Kenapa belum pulang?
你為什麼還沒回家？

- kenapa 為什麼
- pulang 回家

Belum selesai kerja. Masalahnya petugasnya sedang cuti.
工作還沒結束。因為負責的人正在休年假啊。

- belum selesai 還沒結束
- belum selesai kerja 工作還沒結束
- petugas 負責人
- cuti （請年假）休息
- sedang + 動詞 正在做～

makanya　　　　　　　　　　　　　　　　　就是說啊、沒錯

Mr. Lee selalu bikin orang stres.
李先生讓我總是壓力好大。

- selalu 總是
- bikin 讓人～ 口語
- orang 人
- stres 壓力

Makanya, aku juga enggak pengin ngobrol sama dia.
就是說啊，我也不想跟他多說。

- pengin 想做～ 口語
- ngobrol 說～ 口語
- sama 口語 與～（英 with）

sebaiknya　　　　　　　　　　　　　　　　　～比較好

Kalau kamu sakit, sebaiknya (ber)istirahat di rumah.
不舒服的話還是在家休息比較好。

- kalau 如果～、～的話（英 if）
- sakit 身體不舒服
- beristirahat 休息
- di 在～　• rumah 家

sebenarnya = sebetulnya　　　　　　　　　　　　　　　　其實

Sebenarnya saya tidak mau lembur, tapi ya...mau gimana lagi..?
其實我不喜歡加班⋯但⋯我又能怎樣呢？

- tidak mau 不想做～、無心做～
- lembur 加班
- tapi 但是（= tetapi）
- mau gimana lagi? 沒有其他方法、無可奈何
- bagaimana 怎麼辦、怎樣的〔bagemana > gimana〕生活口語

sesungguhnya　　　　　　　　　　　　　　　　真的、說真的、其實

Sesungguhnya aku masih mencintaimu.
其實我依然愛你。

- masih （時態副詞）依然、還是
- mencintai 愛～
- mencintai kamu= mencintaimu 愛你

sejujurnya　　　　　　　　　　　　　　　　坦白說、說老實話

Sejujurnya saya tidak pantas memegang proyek itu.
坦白說我並不適合負責這個企劃。

- pantas 適合的、合理的
- memegang 執掌、負責
- proyek 企劃

sepenuhnya　　　　　　　　　　　　　　　　全部地、完全地

Penghargaan ini sepenuhnya berkat para fans saya.
我認為能拿到這個獎完全是托粉絲們的福。

- penghargaan 獎
- berkat 托～的福、拜～所賜
- para fans 粉絲們

sebaliknya　　　　　　　　　相反地、反過來、另外（英 vice versa）

Menerjemahkan bahasa Inggris ke (dalam) bahasa Indonesia dan juga sebaliknya
adalah pekerjaan yang sangat sulit.

- menerjemahkan 翻譯、口譯
- bahasa Indoensia 印尼語（英 Indonesian language）

把英語翻譯成印尼語，
或是反過來把印尼語翻譯成英語，
都是很非常困難的工作。

- juga 也是～（英 as well, too）
- pekerjaan 工作
- sulit 困難的

請參考 p176 語法篇 yang

selamanya　　　　　　　　　　　　　　　　　　　　　　　　　　永遠地

Aku akan mencintaimu selamanya.
我會永遠愛你。

* aku 我
* akan 將會～
* mencintai 愛～（mencintaimu = mencintai kamu 愛你）

selambatnya = paling lambat = selambat-lambatnya　　　最晚

Paket ini harus sampai selambatnya hari Selasa depan.
這個包裹最晚下週二必須送到。

* paket 包裹
* sampai Ⓥ 到達 adv 直到～
* hari Selasa 週二
* hari Selasa depan 下週二（depan前）

secepatnya = paling cepat = secepat mungkin　　　　盡快

Tolong kerjakan laporan ini secepatnya.
這份報告請盡快完成。

* tolong + 動詞字根 + -kan 請做～
* mengerjakan laporan 寫報告

setidaknya =paling tidak = setidak-tidaknya　　　　　至少

Tidak apa-apa. Setidaknya kamu tidak rugi.
沒關係。至少你沒有損失。

* rugi 損失、虧損
* tidak rugi 沒有損失

環綴詞 ber-an

ber- + 字根 + -an = 動詞

文法意義

① （自然狀態、現象）接連地～

② 彼此～

預覽

① muncul	出現	bermunculan	（接連地）出現
② gugur	落下	berguguran	（嘩啦啦地）落下
③ sebelah	旁、側	bersebelahan	在彼此旁邊
④ mesra	親密、產生感情	bermesraan	（兩人）曬恩愛

1 muncul 出現 ～ bermunculan （接連地）出現

ber- + muncul + -an
出現

Belakangan ini banyak boyband Indonesia bermunculan.

最近印尼接連出現了許多男子偶像團體。

* belakangan ini　最近
* banyak　多
* muncul　出現、登場

2 gugur 落下 ～ berguguran （嘩啦啦地）落下

ber- + gugur + -an
（從上到下）掉落

Finalis Indonesian Idol berguguran satu per satu setiap minggu.

「印尼偶像」的決賽晉級者每週都一個接一個的被淘汰。

* finalis　決賽晉級者
* para peserta　參賽者們
* satu per satu　逐一地、一個接一個
* setiap minggu　每週
* berguguran　（落葉）嘩啦啦地落下、（比賽中）被淘汰

③ sebelah 旁、側 ～ bersebelahan 相鄰

ber- ✛ sebelah ✛ -an
———————
旁邊

Rumah saya dan rumah teman saya bersebelahan.

我家和我朋友家相鄰。

* rumah 家
* teman 朋友

④ mesra 產生感情 ～ bermesraan（兩人）曬恩愛

ber- ✛ mesra ✛ -an
———————
（雙方）曬恩愛

Mereka sedang bermesraan di tempat umum.

他們在公共場所曬恩愛。

* sedang + 動詞 正在～
* tempat 場所
* umum 公共的、一般的
* tempat umum 公共場所

環綴詞 ber-kan

ber- + 字根 + -kan = 動詞

預覽

① dasar	基礎、基本	berdasarkan	以～為基礎
② tema	主題	bertemakan	以～為主題
③ mandi	洗澡	bermandikan	充滿了～
④ anggota	會員、成員	beranggotakan	擁有會員

1 dasar 基礎、基本 ～ berdasarkan 以～為基礎

Berdasarkan data tersebut hubungan kerjasama ekonomi Indonesia dan Taiwan meningkat dalam dekade ini.

依以上資料顯示，近十年間印尼與台灣的經濟合作關係有所增進。

＊data 資料
＊tersebut 前述的（英 mentioned, the）、該…
＊hubungan kerjasama 合作關係（hubungan 關係 kerjasama 合作）
＊ekonomi 經濟
＊meningkat 增加（字根 tingkat）
＊dekade 10年
＊dalam dekade ini 近十年間（以內）
＊dalam ～以內（英 in）

2 tema 主題 ～ bertemakan 以～為主題

Film itu bertemakan nasionalisme.

那部電影以愛國心為主題。

＊film 電影
＊nasionalisme 愛國心

Langit malam itu bermandikan cahaya bulan.

那一夜天空滿是月光。

* langit 天空
* malam 夜晚
* cahaya 光
* bulan 月亮（英 moon）

Asosiasi itu beranggotakan 2000an orang.

該協會有兩千餘名的會員。

* asosiasi 協會
* 2000an [dua ribu an] 兩千餘名
* orang 人、（單位）～名

16

可獨立
使用的動詞

1 makan 吃

Saya sedang makan roti.

我在吃麵包。

* sedang + 動詞 正在～
* makan 吃
* roti 麵包

2 minum 喝

Mereka sedang minum teh.

他們在喝茶。

* minum 喝
* teh 茶

3 tidur 睡

Saya biasanya tidur jam 11 malam.

我通常晚上11點睡覺。

* biasanya 通常
* tidur 睡覺
* jam 11[sebelas] malam 晚上11點
* malam 夜晚

4 pulang 回去、回來

Saya mau pulang dulu.

我要先回去了。

* pulang 回去（家裡）
* dulu （句尾）先

⑤ hidup　生活

Dia hidup sendiri tanpa keluarga.

他獨自生活，沒有和家人在一起。

* hidup　生活（英 to live）
* sendiri　獨自
* tanpa　沒有～（英 except for）
* keluarga　家人

⑥ pergi　去

Saya pergi ke pasar untuk membeli buah.

我去市場買了水果。

* pasar　市場
* membeli　買
* buah　水果

Saya (pergi) ke rumah teman.　我去朋友家了。
加上 pergi（去）也可以，不過就算少了 pergi，只要有介係詞 ke，句子也十分完整。ke- 已經包含了移動的意思，不加 pergi 時語氣更為自然。

⑦ naik　升起、登上、上升

Tarif taksi akan naik mulai bulan depan.

下個月開始計程車費要上漲了。

* tarif taksi　計程車費
* mulai　～開始、～起
* bulan depan　下個月

8 suka 喜歡

Saya suka minum kopi.

我喜歡喝咖啡。

* suka 喜歡 (標準用語 menyukai 喜歡〜)

* minum kopi 喝咖啡

9 tiba 抵達

Presiden Obama tiba di Jakarta pada minggu lalu.

歐巴馬總統於上週抵達雅加達。

* presiden 總統

* tiba 抵達（正式場合）

* minggu lalu 上週

* pada （介係詞）英語中的 at, in（一般在口語中省略）在

CHAPTER 4

文法篇

1. 疑問句

   進階 bisa / harus / mau + -kah 疑問

2. 被動式

   進階 mereka / meN-kan, meN-i

3. 引導關係子句的 yang

   進階 時態副詞

4. 命令句

   進階 Tolong 或被動式命令句

5. 比較句型

6. 介系詞（句）

7. 連接詞

疑問句

1-1 疑問詞

1 Siapa　誰

Siapa (pergi) ke bank?
誰去銀行了？

　　* pergi ke　去～、往～（pergi 可省略）
　　* bank　銀行

Anis.
Anis（去銀行了）。

2 Kapan　什麼時候

Kapan mau pulang ke Taiwan?
您什麼時候要回台灣呢？

　　* pulang ke　往～去／回到～去

Mungkin bulan depan.
大概下個月回去。

　　* mungkin　大概
　　* bulan depan　下個月（bulan 月 depan 前）

3 Di mana　哪裡

Ibu tinggal di mana?
您住在哪裡呢？

　　* tinggal di　住在～

Saya tinggal di Kemang.
我住在科芒。

　　* Kemang　科芒（雅加達的區域名）

④ Apa　什麼

→ **Apa ini?**（= Ini **apa?**）不限制語順

這是什麼？

* ini　這個（英 this）

→ **Itu (namanya) wayang.**

那個叫做印尼哇揚偶戲。

* wayang　印尼哇揚偶戲

* Itu namanya～　那個叫做～（名字是～）

 想快速學習印尼語時必須知道的説法！

A : Ini bahasa Indonesianya apa?

這個的印尼語是什麼？

B : Itu namanya 'meja'.

那叫做「meja」。

• bahasa Indonesia

印尼語

• bahasa Indonesianya

那個的印尼語是～

• meja　書桌、桌子

⑤ Bagaimana　怎麼

→ **Bagaimana kabarmu?**

你最近過得怎麼樣？

* kabar　問候、消息

* kabarmu = kabar kamu　你的消息

→ **Baik.**

很好。

文法Tip

Bagaimana kabarnya? 這個固定的問候用語在**對象是第二人稱**時也可以使用。

kabarnya = kabar dia（第三人稱）**問候他／她的近況**

這樣的説法是為了不直呼第二人稱的您、你，讓語氣更為柔和。

A : Bagaimana rasanya?
味道怎麼樣？

B : Agak pedas.
有點辣耶。

A : Aduh...... bagaimana, ya?
哎唷…怎麼辦？

B : Enggak apa-apa.
沒事的。

- rasa　味道
- rasanya
（某個特定食物的）味道
- agak　有點、稍微
- pedas　辣

- aduh　啊…哎唷
表達驚訝、慌張、惋惜
等情緒時的感嘆詞。

6 Kenapa　為什麼

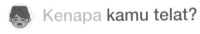

Kenapa kamu telat?

你為什麼遲到？

* telat　遲到（= terlambat）

Maaf, jalannya macet.

抱歉，路上塞車。

maaf　抱歉
* jalan　路
* macet　（路）很塞

單字劃重點！

Kenapa Mengapa　兩者雖然都是「為什麼」的意思，但 **mengapa** 屬於較正式的用語。

在**日常生活**中則較常使用 kenapa。

7 Berapa 多少〔詢問**價格、時間、期間等**與數字相關的問題時〕

（1）詢問價格

請參考基本篇 p60 數字表

Berapa (harga) roti ini?

這個麵包（價格）多少錢呢？

(Ini berapa? = Berapa ini? 這個多少錢呢？)

* roti 麵包

Rp 15.000 (lima belas ribu)

15,000印尼盾。

這個麵包多少錢？

Rp 15.000

印尼文化 單位

印尼語中，每三個位數以點（.）標示，**小數點則是以逗點（,）標示。**

單位	./,

Rp 2.000 (dua ribu rupiah)　2,000印尼盾

3,5 (tiga koma lima)　　　　3,5

要記得印尼單位中. 與, 的區別唷～

（2）詢問人數

Ada berapa orang **di sana?**

那裡有幾位呢？

10 orang.

（有）10位。

（3）詢問時間

Berangkat jam berapa**?**

幾點出發呢？

Nanti jam 2(dua), Pak.

先生，是待會兒2點（出發）。

A：Semalam kamu tidur berapa jam？
你昨天晚上睡了幾個小時？

B：5(lima) jam.
（睡了）5個小時。

（4）詢問年度（時間點）／幾年（期間）

Tahun berapa kamu datang ke Indonesia?

你是哪一年來印尼的？

*kamu （第二人稱）你
*datang ke （方向介系詞）往～

Tahun 2006 [dua ribu enam].

我是2006年來的。

*tahun + 數字 哪一年
*dua ribu enam 2006

Berapa tahun kamu belajar bahasa Indonesia?

你學印尼語幾年了？

*belajar 學習
*kira-kira 大約、～左右

Kira-kira 1(satu) tahun.

學了1年左右。

*數字 + tahun 幾年
*satu 1
*satu tahun = setahun 1年

（5）詢問多久（時間、期間）

Berapa lama Ibu akan tinggal di Indonesia?

你想要在印尼生活多久呢？

*akan 將要～（預計、計劃、正式地）
*tinggal di 生活在～
*di （位置介系詞）在～

Belum tahu.

還不清楚。

*tahu 知道
*belum tahu 還不知道

Saya mau ke Bandung minggu depan.

我下週要去萬隆。

*mau 打算～
*mau ke 打算去～
*Bandung 萬隆 爪哇島西部的城市
minggu 週 depan 前

O ya? Berapa hari?

啊，真的嗎？要去幾天？

*minggu depan 下週

2 hari.

兩天。

*數字 + hari 幾天
2(dua) hari 兩天

（6）詢問日期

Tanggal berapa hari ini? (=Hari ini tanggal berapa?)

今天幾號？

* tanggal （英 date）
* hari ini 今天

27 (April).

（4月）27號。

* dua puluh tujuh 27

8 Yang mana　哪個

Kamu mau beli yang mana?

你要買哪個？

* mau 打算要～
* beli 買
請參考語法篇 p176 yang

Yang ini.

我要買這個。

★**Apakah** 可解釋為是～嗎？ 標準用語&強化疑問

與英語中的 **does**、**do** 在文法上有相同的疑問功能。

範例 **Apakah** dia istri Pak Suhandano? 標準用語
那位是 Suhandano 老師的夫人嗎？

= **Apa** dia istri Pak Suhandano?

= Dia istri Pak Suhandano? 口語

▶ istri 夫人

Apakah kamu masih tinggal di Amerika? 標準用語&強化疑問
你還住在美國嗎？

= **Apa** kamu masih tinggal di Amerika?

= Kamu masih tinggal di Amerika? 口語

▶ masih 還是、依然（英 still）
▶ tinggal di 住在～
▶ Amerika 美國

你還住在美國嗎？

呼呼！

★kah 標準用語&強化疑問

範例 Bisa**kah** kamu datang ke rumahku?

你可以來我家嗎？

= Kamu bisa datang ke rumahku? 你可以來我家嗎？ 口語

（僅在陳述句中加入疑問句）

> Bisakah kamu datang ke rumahku?
> 是以謹慎的語氣詢問對方是否能夠來
> 時所使用的説法。

▷ bisa 可以
▷ datang 來
▷ datang ke rumah 來家裡
▷ rumahku = rumah aku 我家

Harus**kah** saya ke sana?

我一定要去那裡嗎？

= Saya harus ke sana? 口語 （僅在陳述句中加入疑問語調的疑問句）

▷ harus 一定要～
▷ ke sana (pergi ke sana) 去那裡

Mau**kah** kamu jadi pacarku? 你願意做我女朋友（男朋友）嗎？

= Kamu mau jadi pacarku? 口語

（把陳述句句尾的語調升高，即是口語的疑問句）

▷ mau 願意、要做～
▷ jadi 成為～
▷ pacar 戀人
▷ pacarku = pacar aku 我的戀人

1-2 疑問詞的活用

疑問詞 + saja			重複疑問詞	
siapa saja	誰？ 疑問句		siapa-siapa	誰都
	任何人 陳述句			

1 Siapa 　誰

（1）siapa saja? 有哪些人？ 疑問句 〈⇒ 回答：列舉〉

 Siapa saja yang datang?

有哪些人來？（來的人有哪些呢？）

* datang 　來
* yang datang = orang yang datang 　來的人

 Hari, Andri, Putri, terus... Nisa

Hari、Andri、Putri，還有…Nisa。

* terus 　（口語中欲接續話題時）然後、還有

---

siapa saja 　不管是誰 陳述句

Siapa saja bisa mengikuti lomba nyanyi ini.
任何人都可以參加這個歌唱比賽。

• mengikuti 　參與（英 to join）
• lomba nyanyi 　歌唱比賽

（2）siapa-siapa 一個人都（沒有）與否定詞連結

Tidak ada siapa-siapa.

一個人都沒有。

* ada 　有
* tidak ada 　沒有

② **Kapan** 什麼時候

（1）**kapan saja? > hari apa saja?**

 Hari apa saja kamu masuk kerja?

你星期幾要上班？

> * masuk kerja 上班

Setiap hari Selasa dan Kamis.

我每週二、四上班。

> * setiap 每～（英 every）
> * (hari) Selasa 星期二
> * (hari) Kamis 星期四

kapan saja 什麼時候？這個說法較不常用，
一般都是問 hari apa saja?（每）星期幾？

（2）**kapan-kapan** 總有一天、找個時間　英 some day

Kapan-kapan main ke rumah saya.

找個時間來我家玩吧。

> * (ber) main 玩
> * main ke 去～玩
> * rumah 家
> * rumah saya 我家

Ya. Kapan-kapan saya main ke rumah Bapak.

好啊。我會找一天去老師府上玩的。

> * rumah Bapak 老師府上

Kapan mau nikah?
什麼時候要跟我結婚～～～～？

Kapan-kapan
總有一天會結的嘛～～～

③ **Di mana** 哪裡

（1）**Di mana saja? 哪些地方（有）？**

 Di daerah ini bengkel ada di mana saja?

請問這區哪些地方有汽車維修廠呢？

* daerah　地區
* bengkel　汽車維修廠

 Di dekat lapangan sepak bola ada. Di sebelah kampus juga ada.

足球場附近有，學校旁邊也有。

* lapangan　運動場
* sepak bola　足球
* juga　也～（英 as well）

Di mana saja　到處都、哪裡都　陳述句

Saya bisa menginap di mana saja,
yang penting nyaman.
我哪裡都能住，只要舒服就可以。

• menginap　住宿
• yang penting　重要的是
• nyaman　舒適的

（2）**di mana-mana 到處都**

Sekarang di Indonesia banjir di mana-mana.

現在印尼到處都洪水氾濫。

* sekarang　現在
* banjir　洪水

④ **Ke mana** 去哪裡

（1）**ke mana saja** 去哪些地方？

Ibu, pernah ke mana saja?

（詢問與海外旅行相關話題）您去過哪些地方呢？

* pernah （曾經）～過
* pernah ke 去過～

Saya pernah ke Amerika, Spanyol, Korea...

我去過美國、西班牙、韓國…

Terakhir, saya ke Belanda.

最近則是去了荷蘭。

* Spanyol 西班牙
* ke （方向介系詞）去～、往～
* terakhir 最後（最近）
* Belanda 荷蘭

A : Sekarang mau jalan-jalan ke mana saja susah karena hujan terus.

最近想去玩，但不管去哪都很累人。
因為一直在下雨。

B : Iya, betul.

就是啊，沒錯。

• hujan 雨
• terus 一直（做某事、讓人～）
• jalan-jalan 出去玩
• susah 辛苦的、累的（狀況）
• karena 因為～

（2）**ke mana-mana** 哪裡都沒有（去） 連接否定詞

Kamu ke mana saja?

你去了哪些地方？（強調「到底去了哪裡呢？」的意思）

Aku enggak ke mana-mana kok.

我哪都沒去啊。

單字劃重點！

| kok | kok（置於句尾）用來表達對對方說的話**感到訝異**的語氣。 |

5 **Dari mana** 在哪裡

（1）**dari mana saja** 從哪些地方？〈⇒ 回答：列舉〉

Mereka dari mana saja**?**

他們是從哪些地方來的？
（希望對方能列舉出他們是從哪些地方來的人）

* mereka （第三人稱複數）他們

Dari negara-negara Asia.

Vietnam, Philipina, Thailand, dan Indonesia.

（他們）來自亞洲國家。
越南、菲律賓、泰國還有印尼。

* negara 國家
* negara-negara 國家（複數）

（2）**dari mana-mana** 從各地

Mereka dari mana？

他們是從哪裡來的？

* dunia 世界

Dari mana-mana**. Dari seluruh dunia.**

他們來自各地。全世界的人都來了。

* seluruh dunia 全世界

6 Apa 什麼

（1）apa saja? 有些什麼? 疑問句 〈⇒ 回答：列舉〉

Besok kita harus bawa apa saja?

明天我們要帶些什麼來呢？

* besok　明天（包括近期內的未來）
* harus　必須要～
* membawa　（字根 wa）帶來、帶去

Jam tangan, pena, dan KTP.

（要帶）手錶、筆，還有身分證。

* jam tangan　手錶
* pena　筆
* KTP(Kartu Tanda Penduduk)　身分證
* kartu　卡片　* tanda　標示　* penduduk　居民、人口

apa saja 都可以 陳述句

A : Kamu mau makan apa?
你要吃什麼？

B : Apa saja.
都可以。

（2）apa-apa 什麼都不～、什麼都 連接否定詞

Ada apa saja di sana?

那邊有些什麼呢？（列舉）

* sana　那裡
* di sana　在那裡

Tidak ada apa-apa.

什麼都沒有。（沒什麼特別的）（= Enggak ada apa-apa 口語）

Berapa saja 不管幾個、不管多少

berapa saja 不常被當成疑問句來使用。

 Boleh ambil berapa?

可以拿幾個呢？

* boleh （許可）可以～（英 may）

* ambil 拿走（英 take）

 Berapa saja boleh.

Semau kamu.

幾個都可以。
隨你想要（拿多少）。

* semau kamu 隨你的心意

1-3 附加疑問句 bukan

1 bukan　在句尾加上附加問句。

Dompet ini punyamu, bukan?

這個錢包是你的吧，不是嗎？

* dompet　錢包
* punyamu = punya kamu　我的東西

Bukan. Itu dompet siapa, ya?

不是（我的）。那是誰的錢包啊？

* siapa　誰

2 bukan 的縮寫：kan

Dompet ini punyamu, kan?

這個錢包是你的，對吧？（比 bukan 更加確定）

O iya. Hampir ketinggalan.

啊，沒錯。差點忘記帶走。

* hampir　幾乎、差點
* ketinggalan　（忘了東西）沒有拿走

3 kan 置於主詞後，表示～不是嘛的意思。 陳述句

Jangan menggangu adikmu.

Dia **kan** lagi belajar.

不要打擾弟弟（妹妹）。
他不是正在讀書嘛。

*jangan 不要～（英 don't）
*mengganggu 妨礙、打擾
*adik 弟弟、妹妹
*adikmu = adik kamu 你的弟弟、你的妹妹
*dia （第三人稱）他、她
*lagi ＋動詞 正在～
*belajar 讀書

 文法Tip

Dia kan lagi belajar. 他在念書不是嘛。在主詞後加上 **kan** 就成為 陳述句 「～不是嘛」。

A : Batas waktunya sampai hari Jumat ini, kan?
截止日期是本週五，對吧？

B : Tugas itu kan ditunda.
那個作業不是延期了嘛。

• batas waktu 截止時間（英 deadline）
• ditunda 延期
  字根 tunda
• sampai 到～為止
• hari Jumat ini 本週五
• mengumpulkan 提交～
  字根 kumpul 收集
  請參考前綴詞 p72 meN-

啊！沒寫作業！　　日期延後了呵呵

文法

● 名詞否定詞 **bukan**

bukan　　不是～

名詞否定詞

Kapak emas ini kapakmu?
▷ kapak 斧頭

這個金斧頭是你的斧頭嗎？
▷ emas 金

Bukan, Pak. = Kapak itu bukan kapak saya.

不是。　　　　　那個斧頭不是我的斧頭。

Kapak perak ini kapakmu?
▷ perak 銀

這個銀斧頭是你的斧頭嗎？

Bukan, Pak.

不是。

Kalau begitu, ini kapakmu, ya?

那麼這個斧頭是你的斧頭，對吧？

Ya, betul, Pak.
▷ betul 沒錯，正確

是的，沒錯。

被動式

主動式：主詞做了某件事。
被動式：主詞遭遇了某件事。

印尼語中隨著主動句之主詞動作者人稱的不同
被動語法的型態也不一樣。

主動

貓吃了老鼠

Kucing	makan	tikus.
貓	吃	老鼠
主詞	動詞	受詞

被動

老鼠被貓吃了

Tikus	dimakan	kucing.
老鼠	被吃了	貓
	di-動詞	

di-被動式前綴詞
（主動句的主詞為第三人稱時）

預覽

① 第一人稱、第二人稱、第三人稱複數時須注意語順

② 主動句的主詞為第三人稱單數 (dia) 時前綴詞為 **di-**

1 主動句的主詞為第一人稱、第二人稱、第三人稱複數時須注意語順

期待您的回信。

主動 Saya　akan　menunggu　jawaban Anda
　　　主詞　時態副詞　動詞　　　　受詞

mem- 前綴詞 + tunggu 字根

* akan 將會~
* menunggu 等待
* jawaban 回信

被動 Jawaban Anda / akan　saya　tunggu.
　　　　　　　時態副詞　主動句的主詞　動詞字根

我們已經回覆 email 給您了。

主動 Kami　sudah　membalas　email Anda.
　　　主詞　時態副詞　動詞　　　受詞

mem- 前綴詞 + balas 字根

* kami 我們（不含聽者）
* sudah （時態副詞）已經、早就
* membalas 回覆

被動 Email Anda / sudah　kami　balas.
　　　　　　時態副詞　主動句的主詞　動詞字根

2 主動句的主詞為第三人稱單數（dia）時前綴詞為 di-

韓國公司建造了這條路。

& Perusahaan Korea　membangun　jalan ini.
　　　主詞　　　　　　　動詞　　　　受詞

mem- 前綴詞 + bangun 字根

* perusahaan 公司
* jalan 路
* jalan ini 這條路
* membangun 建造

& Jalan ini / dibangun　(oleh) perusahaan Korea.
　　　　　　di- + 字根　　　　主動句的主詞

* oleh 由於~（可省略）

進階 **mereka / meN-kan, meN-i**

第三人稱複數 **mereka** 可分為下列兩種被動句型。

★ 主動句的主詞為第三人稱複數 **mereka** 他們時

範例 主動 Mereka membuat **masakan** ini. 他們做了這道菜。

被動 Masakan ini dibuat mereka.

口語 Masakan ini mereka (yang) buat.

加入 **yang** 後可強調是他們做的

▶ membuat 製作（字根 buat）
　▶ masakan 菜餚
　▶ masakan ini 這道菜

★ 主動句的主詞較長時，被動式前綴詞為 **di-**

 範例 主動 Para pekerja asing yang tinggal di Ansan membuat masakan ini.

　　　　　　　　主詞　　　　　　　　　　　動詞　　　受詞

⋯▶ 住在安山的外國勞動者們／做了這道菜。

& Masakan ini　dibuat　para pekerja asing yang tinggal di Ansan.

　受詞　　　　動詞　　　　　　　主詞

⋯▶ 直譯：這道菜因住在安山的外國勞動者們而被製作了出來。

▶ para + 人 ～們
▶ pekerja 勞動者
▶ tinggal 住、生活
▶ di （位置介系詞）在～

★ 主動句的動詞中有環綴詞 **meN-kan, meN-i** 時

範例 主動 Kita　harus　**melestarikan**　lingkungan alam.
　　　　主詞　助動詞　　　動詞　　　　　　受詞

⋯➤ 我們應該維護自然環境。

被動 Lingkungan alam　harus　dilestarikan.
　　　　　　主詞　　　　　　　　di-動詞

⋯➤ 自然環境應受到維護。（由於是一般人所執行的事件，故動作者可省略）

欲使用 **kita** 時：

Lingkungan alam harus　kita　lestarikan.
　　　　　　　　　副詞　主動句主詞　字根 + 後綴詞

▷ harus　應該～

▷ melestarikan　維護～、保全～

▷ lingkungan　環境

▷ lingkungan alam　自然環境

主動 Kita harus **menghargai** orang yang lebih tua.
　　　主詞　　　　動詞　　　　受詞

⋯➤ 我們應該尊重（比我們）年長的人。

被動 Orang yang lebih tua harus dihargai.
　　　　　　主詞　　　　　　　di-動詞

⋯➤ 直譯：（比我們）年長的人應該被尊重。

欲使用 **kita** 時：

Orang yang lebih tua　harus　kita　hargai.
　　　　　　　　　　　副詞　主動句主詞　字根 + 後綴詞

▷ menghargai　尊重～

▷ lebih　更～的

▷ tua　年長的

引導關係子句的 yang

3-1 yang 的概念

① 名詞 + yang + 形容詞　　～的

讓形容詞在修飾名詞時可限定其意義。

kue yang enak
好吃的點心

* kue 點心
* enak 好吃

kamar yang besar
大的房間

* kamar 房間
* besar 大

② 引導關係子句或限制受詞

（1）引導主格關係子句

Para wisatawan yang sedang mengunjungi Yogyakarta itu
　　主詞　　　　　　　yang 所引導的主格關係子句

menikmati perjalanannya.
　　　謂語部
造訪日惹的觀光客們享受著旅行。

* para wisatawan 觀光客們
* wisatawan 觀光客
* mengunjungi 造訪～
* menikmati 享受
* perjalanan 旅行

（2）引導受詞格關係子句

Saya harus mengembalikan buku yang saya pinjam dari perpustakaan.

主詞　　　　謂語部　　　　受詞↰　　　yang 所引導的受格關係子句

我該把在圖書館借的書拿回去還了。

請再參考一下語法被動式 p172 吧！

* harus　應該～

* mengembalikan buku　還書（字根 buku kem-bali）

* pinjam　借

* perpustakaan　圖書館

---

③ **yang** 後的關係子句所修飾的人事物若是在文句脈絡中重複出現則可省略。

文法Tip

本節的文法是承襲英語中**不反覆使用事物的名稱**，以 **the one~** 來代替**的概念。**

Orang yang memakai kacamata / dari Semarang, sedangkan orang yang memakai topi / dari Solo.

= Yang memakai kacamata / dari Semarang, sedangkan yang memakai topi / dari Solo.

戴眼鏡的那個人是從三寶瓏來的，戴帽子的那個人則是從梭羅來的。

* (berasal) dari　出身自～、從～來

* memakai　戴（眼鏡、帽子）（字根 pakai）

* kacamata　眼鏡

* topi　帽子

* A ～, sedangkan＋B　（比較、對照）A 是～，B 則是～

* Semarang, Solo　三寶瓏、梭羅　爪哇島的城市

Saya punya dua koper.

我有兩個登機箱。

Satu koper berwarna hitam, dan satu koper lagi berwarna biru.

有一個是黑色，還有一個是藍色的。

=Yang satu / berwarna hitam, dan yang satu lagi / berwarna biru.

* punya 擁有～（英 to have, 標準用語 mempunyai）
* koper 登機箱
* warna 顏色
* berwarna 有～顏色
* hitam 黑色
* dan （英 and）還有、然後
* biru 藍色

4 名詞 + -lah + yang~   ～就是～〔強調主詞或受詞〕

用法與英語中的 it~ that~ 語法類似。

▪強調主詞

Orang-orang itu membuat perusahaan ini menjadi lebih terkemuka di tingkat internasional.

他們帶領這家公司擠身世界級先進企業。

Orang-orang itulah yang membuat perusahaan ini menjadi lebih terkemuka di tingkat internasional.

他們就是帶領這家公司擠身世界級先進企業的人。

* orang-orang 人們（orang 人）
* membuat 讓～
* perusahaan ini 這家公司
* menjadi 成為～
* terkemuka 有名的、領導的
* tingkat 等級
* internasional 國際的
* di tingkat internasional 世界級

▪強調受詞

Semua karyawan perusahaan kita harus memiliki ketulusan hati.

我們公司全體員工都必須懷有真誠的心。

Ketulusan hatilah yang harus dimiliki semua karyawan perusahaan kita.

真誠就是我們公司全體員工所必須具備的特質。

* semua 所有、全部
* karyawan 員工
* harus 必須～
* memiliki 擁有～（字根 milik）
* dimiliki （被動）

5 ~yang ~nya 語法　　（～的）～很～

與英語中所有格關係代名詞概念類似。

Dia membeli suvenir.　　　　　　　　他買了紀念品

Harga suvenir itu sangat mahal.　　那個紀念品的價格非常昂貴。

Dia membeli suvenir yang harganya sangat mahal.

他買了那個價格非常昂貴的紀念品。

* membeli　買
* harga　價格
* suvenir　紀念品
* sangat　（置於形容詞前）非常
* mahal　貴

這個可是很貴的喔～

3-2 yang 關係子句的語順

1 引導主格關係子句的 yang

（1）主詞＋yang＋主動動詞＋受詞＋謂語（動詞・形容詞）

Novel　yang　membuat　saya　terharu

主詞　　　　　　主動動詞　　受詞

berjudul "Look After Mom".

直譯：讓我感動的小說有《請照顧我媽媽》這個題目（書名）。

* novel 小説
* membuat 讓～
* terharu 感動的
* berjudul 有～題目（題目是～）

（2）主詞＋yang＋di- 被動動詞＋第三人稱主體＋謂語（動詞・形容詞）

Novel　yang　ditulis　oleh seorang pengarang wanita ini /

主詞　　　　　　被動動詞　　　　第三人稱主體（由～）

berjudul "Look After Mom".

這位女作家寫的小說題目（書名）是《請照顧我媽媽》。

* novel 小説
* tulis 寫
* ditulis 被寫
* di- 被動前綴詞
* oleh 由（於）～
* seorang 某人
* pengarang 作家
* wanita 女性
* judul 題目

② 引導受格關係子句的 **yang**

（1）主詞＋主動詞＋受詞＋yang＋主動動詞＋受詞＋（副詞句）

Perusahaan itu merekrut orang yang mempunyai pengalaman

　　主詞　　　　　　主動詞　　　受詞　　　　主動動詞　　　　　受詞

di sektor pembangunan.

　　　　副詞句

那家公司雇用了在建設領域有經驗的人。

* perusahaan 公司
* merekrut 雇用
* orang 人
* mempunyai 擁有～
* pengalaman 經驗
* sektor 領域
* pembangunan 建設

（2）主詞＋主動詞＋受詞＋yang＋di- 被動動詞＋第三人稱主體

Dia　membalas e-mail　yang　dikirim　(oleh) temannya.

主詞　　主動詞　　受詞　　　　被動動詞　第三人稱主體（由～）

他回覆了朋友寄來的 e-mail。

我無法回覆 e-mail 了耶
ㄥ.ㄥ

* membalas 回覆
* kirim 寄
* dikirim 被寄出（di- 被動前綴詞）
* teman 朋友
* temannya = teman dia 他的朋友

（3）主詞＋主動詞＋受詞＋yang＋第一、二人稱主體＋動詞字根（－後綴詞）

Dia sudah membaca buku yang saya pinjamkan kemarin.

主詞　　　　　主動詞　　　受詞　　　第一人稱　動詞字根（－後綴詞）
　　　　　　　　　　　　　　　　　主體

他已經把我上次借他的書看完了。

* sudah （時態副詞）已經、早就

* membaca 讀

* meminjamkan 借（字根 pinjam）

* buku 書

* kemarin 上次、昨天

Saya meminjamkan buku kepada dia kemarin.

我上次借了他書。

Dia sudah membaca buku itu.

他把那本書看完了

Dia sudah membaca buku yang saya pinjamkan kemarin.

他已經把我上次借他的書看完了。

在 yang 所引導的關係子句中，時態副詞該放在哪裡呢？

1 主詞 ✛ yang ✛ 時態副詞 ✛ 被動動詞 di ✛ 第三人稱主體 ✛ 謂語
（動詞・形容詞）

範例 Novel yang **sedang** dibaca Rina sangat terkenal.

　　Rina 正在看的那本小說非常有名。
　　（直譯：因 Rina 而正在被閱讀的那本小說／非常有名）

2 主詞 ✛ 主動詞 ✛ 受詞 ✛ yang ✛ 時態副詞 ✛ 第一・二人稱 ✛ 動詞字根
主體　　　　（－後綴詞）

範例 Dia menunggu paket yang **akan** saya kirim besok.

　　他在等我明天要寄的那個包裹。

▶ menunggu 等（字根 tunggu）
▶ paket 包裹
▶ kirim 字根 寄
▶ besok 明天（包括近期內的未來）

3-3 有 yang 的疑問句

1 疑問詞＋yang＋被動動詞

Lina membaca apa?
Lina 在看什麼？

Lina membaca novel.
Lina 在看小說。

* membaca 閱讀
* novel 小說

Apa yang dibaca Lina?
　　　　被動動詞
Lina 在看的是什麼？

Lina membaca novel. 主動
Lina 在看小說。

Yang dibaca Lina adalah novel. 被動
Lina 在看的是小說。

主動 Saya harus melakukan apa?
我應該做什麼？

• harus 應該做～
• melakukan 做～

被動 ≡ Apa　yang　harus　saya　lakukan?
　　　　　　助動詞　第一　動詞字根 + 後綴詞
　　　　　　　　　　人稱

apa yang~　　（到底是）什麼

Apa yang membuat kamu kaget?
　　　　　　　主動動詞

直譯：是什麼東西讓你嚇到了？（讓你嚇到的東西是什麼？）

意譯：你為什麼被嚇到？＝ Kenapa kamu kaget?

* membuat　讓～

* kaget　驚嚇

* membuat ＋ 人 ＋ 形容詞　讓～變得～

你為什麼被嚇到？

siapa yang~　　（到底是）誰

Siapa yang mengajak kamu menonton film?
　　　　　　　　主動動詞

是誰找你去看電影的？

* mengajak　找～一起～（邀請）

* menonton　看～（英 to watch）

187

4

命令句

請參考詞綴篇 p146 動詞

1 以動詞來造的命令句

Makan!
吃！

Ayo, makan!
快吃！

* ayo （勸誘）快點～

Besok masuk jam 7 pagi, ada rapat.
明天早上七點上班，有會議。

- besok 明天
- masuk 進去、進來
（masuk kantor 上班）
- jam 7[tujuh] pagi 早上七點
- pagi 早上
- ada 有
- rapat 會議

▪動詞有後綴詞時

di ✚ 字根 mati ✚ 後綴詞 (-kan)

➔ dimatikan　關掉（有某個人關掉了）

- mematikan 關（燈）
- lampu 燈（英 lamp）

Saya mematikan lampu.
我把燈關掉了。

陳述句　Dimatikan saja lampunya. 請參考 p193 命令句進階
命令句　(Dimatiin saja lampunya.) 口語
關燈！

② 委婉的命令詞 silakan VS tolong

Silakan ✚ 動詞　　請（這樣）做～

Silakan **masuk.**	請進。
Silakan **duduk.**	請坐。
Silakan **makan.**	請用。

* masuk 進來、進去
* duduk 坐
* makan 吃

Tolong ✚ 動詞字根 ✚ -kan　（拜託）請幫我～

Tolong bukakan pintu.
請幫我開門。
（兩手都拿著東西，無法開門，故拜託其他人）

Tolong panggilkan taksi.
請幫我叫計程車。
（無法親自叫計程車，故請其他人幫忙的狀況）

- buka 字根 開
（membuka 標準用語）
- membukakan （為了～）開
- pintu 門

- panggil 字根 呼叫
（memanggi 標準用語）
- memanggilkan
（為了～）呼叫

文法

Tolong ✚ 動詞字根 ✚ -kan ➔ 日常生活中用 Tolong ✚ 動詞字根 ✚ in

Tolong bukakan pintu.	請幫我開門。	標準用語
Tolong bukain pintu.	幫我開門。	口語
Tolong panggilkan taksi.	（請幫我）叫計程車。	標準用語
Tolong panggilin taksi.	可以幫我叫計程車嗎？	口語

③ jangan + 動詞　　（請）不要做～

Jangan membuang sampah di sini.

請不要在這裡丟垃圾。

* membuang　丟
* sampah　垃圾
* di sini　在這裡

• **Jangan** 的實用說法！

請不要忘記！	Jangan lupa!	▶ lupa　忘記
請不要遲到！	Jangan telat!	▶ telat　遲到

不要告訴任何人！　　Jangan bilang kepada siapa-siapa.

不要偷懶！　　Jangan bermalas-malasan!

▶ bilang　說（英 to say）
▶ kepada　對～、向～

▶ bermalas-malasan　偷懶
▶ malas　懶惰

4 法規、規範中的嚴格禁令 dilarang + 動詞

Dilarang **masuk.**　　　　禁止出入、禁止進入

Dilarang **merokok.**　　　禁止吸菸

Dilarang **parkir di sini.**　禁止停車

Dilarang **kencing di sini.**　禁止隨地小便

* masuk　進去、進來
* merokok　吸菸
* parkir　停車
* di sini　（在）這裡
* kencing　小便

印尼文化　男性禁止出入！

男性禁止出入！
印尼有許多的穆斯林，到女性所居住的套房或分租雅房時都可以看到這樣的標語。

| Cowok dilarang masuk. | 男性禁止出入 |

* cowok　（年輕）男性
* melarang　禁止（字根 larang）
* dilarang　受到禁止（被動）

Tolong 或被動命令句

 Siapkan laporannya sampai besok pagi.

明天早上之前準備好報告書。

Tolong siapkan laporannya sampai besok pagi.

明天早上之前要準備好報告書喔。

Tolong disiapkan laporannya sampai besok pagi. 被動式

明天早上之前的報告書就拜託你準備了。

▶ siap 準備

▶ menyiapkan 準備～（命令時用 siapkan!）

▶ laporan 報告書

▶ laporannya （特定的、那個）報告書

▶ sampai ～～之前

▶ besok pagi 明天早上

 在印尼使用 Tolong 或被動式命令句時，聽起來語氣會比較委婉，所以能讓事情進行得更加圓融。
使用被動式命令句時，被拜託的人也較不會有受人使喚的感覺。

比較句型

比較説法用慣用語來思考時會更方便記憶。

1 lebih A (形容詞) daripada B (名詞)   比起 B，A 更～

Rio lebih **tinggi** daripada **Putri.**
　　　　更～　　　　　比～

Rio 比 Putri 更高。

Rio　　Putri

* lebih + 形容詞　更～
* tinggi　個子高
* daripada　比～
* jauh lebih～　更～得多

2 lebih memilih A (名詞) daripada B (名詞)   比起 B 更喜歡 A

Saya lebih memilih **Indomie** daripada **Mie Sedap.**
　　　更喜歡～　　　　　　　　比～

比起喜達撈麵我更喜歡營多撈麵。

mi goreng 炒麵

* memilih　選擇
* lebih memilih　喜歡、偏好（口語 lebih senang 更喜歡～）
* Indomie 營多撈麵　Mie Sedap 喜達撈麵

③ A dan B sama -nya　　A 和 B 都一樣～、～都一樣

Dewi dan Santi sama cantiknya.　A 與 B 為比較對象
　　　　　　都一樣～

Dewi 和 Santi 都一樣漂亮。（無法說出誰比較漂亮）

* sama　一樣
* cantik　漂亮
* cantiknya　漂亮的人事物

④ A (名詞) sama dengan B (名詞)　　A 和 B 一樣

Harga baju ini sama dengan **harga baju itu.**
　　　　　　　　和～一樣

這件衣服的價格和那件衣服一樣。

* harga　價格
* baju　上衣
* sama dengan　和～一樣

Sama
都一樣…

我漂亮還是前女友漂亮？

⑤ A (名詞) kurang ~ daripada B (名詞)　　比起 B，A 沒有那麼～

Kain ini kurang **halus** daripada **kain itu.**
　　　　沒那麼　　　　　　比起

這塊布沒有那塊布那麼柔軟。

* kain 布（英 cloth）
* halus 柔軟
* kurang 不夠～、沒那麼～

batik tulis 印尼蠟染手工業

⑥ paling + 形容詞 = ter- + 形容詞　　最～的

Anak saya yang paling **pintar di kelasnya.**
　　　　　　　最～的

我的孩子在班上是最聰明的。

* anak 孩子
* anak saya 我的孩子（子女）
* paling 最～的
* pintar 聰明
* kelas 教室、課程

Dia tertinggi di kelasnya.
那孩子在班上是個子最高的。

⊜ Dia paling tinggi di kelasnya. 口語

● penting 重要的
● usaha 努力
（berusaha 努力）

Yang paling penting adalah usaha.
最重要的是努力。

口語中較常使用 paling + 形容詞。

197

6

介系詞

6-1 位置／方向／場所

1 di 在～

Adikmu di mana?
你弟弟（妹妹）在哪？

Di kamar.
在房間。

* adik 弟弟、妹妹
* kamar 房間

2 di atas 在～上

Kunci mobilku di mana, ya?
我的車鑰匙在哪？

Tadi aku lihat di atas meja.
我剛剛看到在桌上。

* atas ～之上
* kunci 鑰匙
* mobil 車
* tadi 剛剛
* lihat 看
* meja 桌子

3 di bawah 在～下

Anjingku lagi tidur di bawah meja.
我們家狗狗現在在桌子下面睡覺。

* bawah ～之下
* anjing 狗
* lagi + 動詞 正在～
* tidur 桌子

4 (di) antara A dan B　在 A 與 B 之間

Burung ada di antara **kucing** dan **anjing.**

鳥在貓與狗之間。

* burung　鳥
* kucing　貓
* anjing　狗
* dan　與～、以及（英 and）

Ada apa antara **Lina dan Aris?**

Lina 與 Aris 之間發生了什麼事？

5 di sebelah kiri　在左側

Bank ABC itu ada di sebelah kiri **klinik dokter gigi.**

ABC 銀行在牙科診所的左側。

* bank　銀行
* ada　在
* klinik　診所
* dokter gigi　牙科（dokter 醫生 gigi 牙齒）

6 di sebelah kanan　在右側

Di sebelah kanan **jalan itu banyak toko baju.**

路的右側上有很多服裝店。

* jalan　路
* banyak　很多
* toko　店
* baju　上衣

7 di samping 在（旁邊）

Pom bensin itu ada di samping **rumah sakit Bahagia.**

加油站在「幸福」醫院旁邊。

* pom bensin 加油站
* rumah sakit 醫院

8 (di) sekitar （在）附近

Di sekitar **sini ada ATM, tidak?**

這附近有 ATM 嗎？（沒有嗎？）

* sini 這裡

9 (di) dekat （在）附近

Kantor polisi itu ada di dekat **rumah makan Padang.**

警察局在巴東小吃店的附近。

* kantor polisi 警察局
* rumah makan 餐廳
* Padang 巴東（蘇門答臘省的城市名）

⑩ (di) dalam　　　　　（在）～裡面

(Di) dalam tasmu ada apa? Kok berat sekali?

你在包包裡放了什麼啊？怎麼會那麼重？

* tas　包包
* tasmu = tas kamu　你的包包
* kok　（句首）表示訝異的感嘆詞
* berat　重
* sekali　（置於形容詞後）非常

⑪ di depan ⟷ di belakang　　在前面 ⟷ 在後面

Toiletnya ada di depan dan di belakang.

前面有廁所；後面也有廁所。

* toilet　廁所、洗手間

⑫ di seberang (jalan)　　　在（路）對面

Sekolah Dasar itu ada di seberang jalan.

那個小學在路的對面。

* SD (Sekolah Dasar)　小學
　(sekolah 學校 dasar 基礎)

13 di luar （在）外面

Saya tunggu di luar, ya~.

我在外面等你。（知道了吧？）

*tunggu 等

14 dari 從～（英 from）

 Kamu dari mana?

你從哪邊過來？

 Dari perpustakaan.

我從圖書館過去。

*perpustakaan 圖書館

15 ke 往～（方向）、去～

 Mau ke mana?

你要去哪？

 Mau ke kantor.

我要去辦公室。

*mau 打算要～、想要～
*kantor 辦公室

16 ke luar （出去）外面

 Ada Pak Chen?
請問陳老師在嗎？

 Tidak ada di tempat. Baru ke luar.
（陳老師）不在位置上。他剛剛出去了。

* tempat 位置、場所

17 sepanjang 整個～、一直

Dilarang parkir sepanjang **jalan ini.**
這條路禁止停車。

* dilarang 禁止
* parkir 停車

Waduh kok begini ya. Panas terus sepanjang tahun!
哎唷…怎麼會這樣啊。整年都一直好熱！

Aku tidak ke mana-mana sepanjang hari (＝seharian).
我一整天哪都沒去。

• waduh 哎唷
（比 aduh 更誇張的感嘆詞）
• kok （置於句首）表示訝異
的感嘆詞
• begini 這樣
• panas 熱
• terus 一直

18 kepada 給～

Saya ingin mengirim paket kepada teman saya di Australia.

我想寄包裹給澳洲的朋友。

* ingin 想要～（書面體、標準用語）
* mengirim 寄送
* paket 包裹
* kepada 給～
* teman saya 我的朋友
* Australia 澳洲

19 pada + 動詞／（與行動、現象相關的）形容 ～的狀態、～的狀況

Kamu sudah mengajak teman-temanmu?

你邀請朋友了嗎？

Sudah. Tapi mereka pada tidak bisa datang.

有啊。但是大家都不能來。

* mengajak 找～一起～、邀請
* tapi(＝tetapi) 但是
* tidak bisa 無法
* datang 來

Kenapa?

為什麼？

Pada sibuk, mereka. Katanya, harus kerja.

他們都很忙。說是要上班。

* sibuk 忙碌
* katanya 聽説、（某人）説過
（英 they say, she / he says）

6-2 方法

1 lewat　　透過～（= via）、以～（手段）；經過～

Saya akan memberitahu lebih lanjut lewat email

我會透過 email 向您做更詳細的說明。

= via email

* akan　將會～
* memberitahu　告知
* lebih lanjut　進一步、更詳細地

Kalau lewat jalan ini, lebih cepat. 口語
走這條路更快。

= Kalau melewati jalan ini, lebih cepat. 標準用語

● jalan ini　這條路
● lebih　更加～
● cepat　快速

2 melalui　　透過～（英 through）

Kami berharap persahabatan kedua negara menjadi lebih erat melalui pertemuan ini.

我們希望透過這次的會議能夠讓兩國的友誼更加緊密。

* kami　我們（不含聽者）
* berharap　希望
* persahabatan　友誼
* kedua negara　兩國
* menjadi　變成
* erat　緊密、貼近
* pertemuan　會議、會面

6-3 討論的對象

1 tentang　對於～

Saya kurang tahu tentang soal ini.

對於這個問題我不太清楚。

你到底知道些什麼啊？

* kurang tahu　不太清楚
（tahu 知道 kurang 沒那麼～、不夠）
* soal　問題

2 mengenai　針對～的

Mereka akan membuat laporan mengenai isu itu.

他們將會撰寫針對該議題的報告書。

* membuat laporan　撰寫報告書
（membuat 製作 laporan 報告書）
* isu　議題

3 berhubungan dengan　與～相關

Berhubungan dengan agenda itu, kami akan mengadakan rapat umum.

我們將會就該議程招開大會。

* agenda　議程
* mengadakan　招開～
* rapat　會議
* rapat umum　大會

4 akan   在～方面、針對～（英 on~）

Kebijakan pemerintah Indonesia akan **kenaikan BBM belum diketahui secara jelas.**

在夏季油價上升方面，印尼政府的政策尚未明確地告知。

* kebijakan 政策
* pemerintah 政府
* kenaikan 上升
* BBM(Bahan Bakar Minyak) 油價
* belum diketahui 尚未告知
* secara jelas 明確地

Indonesia kaya akan sumber daya alam,
sedangkan Korea kaya akan teknologi.

印尼有豐富的自然資源；
而韓國則是有豐富的技術。

• sedangkan （對照）～另外、
  A 是～；sedangkan B 則是～
• kaya 豐富的、富有的
• sumber daya alam 自然資源
• teknologi 技術

5 terhadap   對於～（英 against）

Perhatian terhadap **masalah lingkungan semakin bertambah.**

對於環境問題的關注在逐漸攀昇。

* perhatian 關注
* masalah 問題
* lingkungan 環境
* semakin 漸漸變得更～
* bertambah 增加

6-4 程度／範圍

1 sekitar

Sekitar 150 orang akan hadir pada pameran ini.

將會有約150人參與本展覽。

* akan 即將～
* hadir 參與
* pameran 展覽
* seratus lima puluh 150

Kita berjanji bertemu sekitar jam 7 malam.

我們約好晚上七點左右見面。

• kita 我們
• berjanji 約定
• bertemu 見面
• jam 7[tujuh] malam 晚上
七點

2 terdiri atas　由～所組成

Tulisan ini terdiri atas **beberapa paragraf.**

這篇文章是由幾個段落所組成的。

* tulisan 文章
* beberapa 幾個
* paragraf 段落

6-5 時間

① pada   在～（用於時間、活動前）

Acara itu akan dimulai pada jam 2 siang.

那個活動將在下午兩點開始。

* acara 活動
* akan 即將～
* dimulai 開始
* jam 2(dua) siang 下午兩點

 口語體中 pada 會被省略

A : Acaranya (dimulai) jam berapa?
　　活動是幾點（開始）？

• nanti 待會

B : Nanti jam 2.
　　待會兩點。

Pada suatu hari, putri salju bertemu dengan tujuh orang kurcaci.
某一天，白雪公主遇見了七個小矮人。

• putri salju 白雪公主
（putri 公主 salju 雪）
• bertemu (dengan)
（與～）相遇

Pada kesempatan kali ini, kami akan mencoba membahas tentang pemanasan global.
這一次將會嘗試針對地球暖化進行說明。

• kesempatan 次序、時機
• kali ini 這次
• mencoba 試著～（英 to try）
• membahas 說明、討論
• tentang 針對～
• pemanasan global 地球暖化

2 pada waktu itu = pada saat itu　當時

(Pada) waktu itu, saya masih belum lancar berbahasa Indonesia.

當時，我的印尼語說得還不流利。

* waktu　時間
* saat　瞬間
* lancar　流利
* belum lancar　還不流利
* berbahasa Indonesia　說印尼語

3 sampai　到～（時間、期間）為止

Batas waktunya sampai hari Kamis. Jangan lupa, ya.

截止時間是到星期四為止。請別忘記了，好嗎？

* batas waktu　截止時間
* hari Kamis　星期四
* jangan　請不要～
* lupa　忘記

4 menjelang　大約～、～之際

Menjelang Lebaran, biasanya harga BBM naik.

開齋節之際，油價通常都會上升。

* Lebaran　開齋節（伊斯蘭最重要的節日）
* biasanya　通常
* harga　價格
* BBM　油價
* naik　上升

副詞 (adv.)

Jangan sampai~

~是不行的

Jangan sampai telat, ya?
Rapat besok pagi itu benar-benar penting.

遲到這種事情是絕對不能發生的，知道嗎？
明天早上的會議真的很重要。

* telat 遲到
* rapat 會議
* besok pagi 明天早上
* benar-benar 真的
* penting 重要的

Mudah-mudahan kali ini kita bisa sukses.
希望這次我們能夠成功。

Iya, jangan sampai gagal lagi.
是啊，再失敗可是不行的。

* mudah-mudahan （英 hopefully）應該會~、希望會~
* kali ini 這次
* sukses 成功
* gagal 失敗
* lagi 又、再次

這次可不能犯錯啊！

Sampai-sampai

甚至還發生了～

 Produk baru itu benar-benar laris manis.
Antreannya panjang sekali.

那個新產品賣得非常好。
（要購買的人）大排長龍。

* produk 產品
* produk baru 新產品（baru 新的）
* laris manis 賣得很好
* antrean （人們排的）隊伍
* panjang 長
* sekali （置於形容詞後）非常

 Sampai-sampai ada yang meninggal karena berdesakan.

（甚至）還聽說因為互相推擠而有人死亡。

* meninggal （人）死亡
* berdesakan 互相推擠

 Saya kebanyakan makan sambal kemarin.
Sampai-sampai diare beberapa hari.

我上次吃了太多參巴醬。
甚至還拉了好幾天肚子。

* kebanyakan makan 吃太多
* sambal 參巴醬（印尼辣醬）
* kemarin 上次、昨天
* diare = menceret 拉肚子
* beberapa hari 幾日（間）

 Makanya, jangan terlalu banyak makan sambal.

就是說啊。參巴醬請不要吃太多。

6-6 目的

1 bagi　　對於～來說

Bagi saya, ini kesempatan yang sangat berharga.

對我來說，這真的是很寶貴的機會。

＊ kesempatan　機會

＊ sangat　（置於形容詞前）非常

＊ berharga　有價值的

　請與句型篇 p205 kepada 搭配學習

2 untuk　　為了～（目的、理由、意圖）、讓（使）～；在～（期間）

Pemerintah Singapura mendorong para pengendara mobil untuk membuang mobil yang sudah lama dipakai.

新加坡政府鼓勵私人小客車駕駛人們將使用已久的車輛報廢。

＊ mendorong　推動

＊ pengendara mobil　私人小客車駕駛人

＊ para　～們

＊ membuang　丟棄

＊ lama dipakai　使用已久

Saya harus bekerja di Papua untuk beberapa bulan.　　　　（= selama）

我必須在巴布亞工作幾個月的時間。

• harus　必須～

• bekerja　工作～

• beberapa bulan　幾個月

• beberapa　幾個（英 few, several）

• bulan　月、～個月

3 buat 　為～準備（的）、給～的、對於～來説 口語

Kue tart itu buat siapa?

那個生日蛋糕是為誰準備的？（= untuk siapa）

* kue tart 蛋糕
* siapa 誰

Baju ini kebesaran buat anak saya.

這件衣服對我的孩子來説太大了。

• baju 上衣
• kebesaran = terlalu besar
　太大

4 demi 　為了（非常重要或是珍貴的某事物）

Dia berlatih keras demi meraih medali emas.

他為了摘下金牌努力地練習。

* berlatih keras 努力的練習
* meraih medali emas 摘下金牌

Saya harus rajin bekerja demi keluarga saya.

我為了我的家人必須努力地工作。

• harus 必須～
• rajin bekejra 努力地工作
• keluarga 家人
• keluarga saya 我的家人

5 guna 　為了（目的）、試圖～

Tim teknis sudah mengecek kembali semua alat sebelum acara guna menghindari masalah teknis.

技術團隊在活動前重新確認過所有的機器，
試圖避免技術上的問題發生。

* tim teknis 技術團隊
* mengecek kembali 重新確認
* menghindari 避免
* masalah teknis 技術上的問題

215

連接詞

連接句子與句子，或是句子裡的兩種成份。

預覽

① 時間

② 理由／原因／結果

③ 對等連結

④ 目的

⑤ 轉折

⑥ 時間

⑦ 條件

⑧ 添加

⑨ 比較

⑩ 道具／方法

⑪ 舉例

⑫ 轉換

⑬ 其他

7-1 時間

1 sejak = semenjak   自從～（英 since）

Sejak tahun 2000an, sinetron Korea mulai terkenal di Indonesia.

自2000年代起，韓國電視劇開始在印尼受到喜愛。

* tahun 2000an 2000年代
* sinetron 電視劇
* mulai 開始
* terkenal 受歡迎的

Semenjak dia pindah, dia jarang kelihatan di kampus.

自從他搬家以後，在校園裡幾乎見不到他。

• pindah 搬家
• jarang kelihatan 幾乎看不見
• kampus 校園

2 setelah(sesudah)   ～之後

Setelah pulang dari kantor, saya bermain bersama anak-anak saya.

下班回家之後，我會和我的孩子們一起玩。

* bersama 和～一起
* anak-anak 孩子們

Minumlah obat ini sesudah makan.

用餐後請服用這些藥。

• minum obat 吃藥

3 setelah itu 　之後

Masukkan daging ke dalam panci.

Setelah itu, masukkan sayur-sayuran. 命令

把肉下鍋。之後再放入蔬菜。

* memasukkan 放入～
* panci 鍋子
* sayur-sayuran 蔬菜

4 sehabis 　～完之後（～完之後，馬上就）

Sehabis makan malam, dia langsung pulang ke rumahnya.

吃完晚餐以後，他馬上就回家了。

* makan malam 吃晚餐
* langsung 馬上

單字劃重點！

setelah, habis　在口語體中欲表達～**之後**的意思時，**habis** 比 setelah 更常用。

A : Ayo kita jalan-jalan!　來，我們一起出去玩吧。

B : Boleh. Tapi aku lagi makan. Habis makan, kita jalan-jalan, oke?
　可以啊。不過我現在在吃飯。吃完飯再出去玩，好嗎？

- ayo （勸誘）來，一起～吧
- jalan-jalan 四處晃、四處玩樂
- lagi makan 正在吃飯

⑤ sebelum　做～之前

Sebelum berangkat, saya harus memanaskan motor saya dulu.

出發之前，我要先預熱一下機車。

* berangkat 出發
* memanaskan 讓～熱（字根 panas）
* motor 機車
* dulu （句尾）先

⑥ selama　在～期間

Saya akan dinas ke Kalimantan selama dua bulan.

我預計這兩個月間會去婆羅洲出差。

* dinas ke 去～出差
* dua bulan 2個月

Selama saya bekerja di sini /
belum pernah ada demo.

我在這裡工作的兩個月之間，一次示威遊行都沒有
發生過。

• bekerja 工作
• belum 還（～沒有）
• pernah 沒～過
• demo 示威遊行

7-2 理由 / 原因 / 結果

1 karena　　由於～

Saya tidak bisa masuk kantor hari ini

karena anak saya sakit parah.

由於我的孩子身體非常不舒服，所以今天沒辦法去上班了。

* tidak bisa　無法～
* masuk kantor　上班
* anak saya　我的孩子
* sakit parah　身體非常不舒服（sakit 身體不舒服）

2 oleh karena itu = oleh sebab itu　因此～

Oleh karena itu, ekonomi Indonesia semakin membaik.

（如前所述）因此，印尼經濟正在逐漸好轉中。

* ekonomi　經濟
* semakin　漸漸變得～
* membaik　好轉

3 gara-gara (= hanya karena)　只因為～、因～而導致

Gara-gara uang Rp 1.000, mereka berantem sampai sekarang.

那些人就為了1.000印尼盾吵到現在。

* uang　錢
* berantem　吵架
* sampai sekarang　直到現在

4 akibat 因～導致、～的結果〔結果＋**akibat**＋原因〕

Banyak orang meninggal akibat **bencana alam tahun lalu.**

去年有許多人因自然災害而死亡。

* meninggal (dunia) 離世、死亡
* bencana alam 自然災害
* (pada) tahun lalu （在）去年

5 lantaran 因～導致、因為～

Banyak pengendara mobil marah lantaran **kemacetan lalu lintas.**

許多駕駛人因為交通混亂而十分憤怒。

* pengendara mobil (pribadi) 私家小客車駕駛人
* kemacetan lalu lintas 交通混亂

6 jadi

Saya belum lama tinggal di Indonesia.

Jadi **bahasa Indonesia saya masih belum lancar.**

我在印尼還沒住很久。
所以印尼語還不太流利。

* belum lama 還沒有很久
* bahasa Indonesia saya 我的印尼文（實力）
* lancar 流利的（語言）
* belum lancar 還不流利
* masih belum lancar 還是不太流利

7 sehingga 因為～而～〔原因＋**sehingga**＋結果〕

Gunung Merapi meletus sehingga **semua warga di daerah itu mengungsi.**

因默拉皮火山爆發，該區域所有居民皆前往避難。

* meletus 爆發
* semua 所有的
* warga 居民
* daerah 區域
* mengungsi 避難

8 akhirnya 總算、終究

Setelah sekian lama, mereka akhirnya **bisa bertemu.**

過了很久之後，他們總算能夠見到面了。

* setelah ～之後
* sekian lama （不確定時間長短）相當久、一段時間
* bisa 能夠～
* bertemu 見面

9 sebagai hasilnya 結果、最終

Dia bekerja keras selama bertahun-tahun, dan sebagai hasilnya **dia mendapat penghargaan dari perusahaannya.**

他在這數年間非常努力地工作，最終得到了公司的表彰。

* bekerja keras 努力工作
* selama ～期間　* selama bertahun-tahun 數年間
* mendapat 得到～
* penghargaan 表彰
* dari 從～（英 from）
* perusahaan 公司
* perusahaannya = perusahaan dia 他的公司

7-3 對等連結

1 dan 　和～、還有（英 and）

Saya suka makan nasi goreng dan ikan bakar.

我喜歡吃炒飯跟炭烤魚。

Saya suka makan ayam goreng, sama es teh.

我喜歡炸雞和冰紅茶。
　　　　　　　　　　　　　　　　　└──── 和

es teh 冰紅茶

* suka + 動詞　喜歡～
* suka makan + 受詞　喜歡吃～
* nasi goreng　炒飯
* ikan　海鮮
* bakar　炭烤
* ikan bakar　炭烤魚
* ayam goreng　炸雞

2 serta 　也～、同時～（英 as well as）

Dengan uang segitu, Anda sudah bisa menginap dan menyewa motor serta menjelajahi pantai-pantai indah di Yogyakarta.

這些錢可以在日惹住宿，也可以租借機車，同時還能在美麗的海邊四處看看。

* dengan　用，和（英 with）　* uang　錢　* segitu　這個數量的～
* menginap　（在～）住宿
* menyewa　租車
* motor　機車
* menjelajahi　探訪～
* pantai　海邊
* indah　美麗的

3 atau　或者、～或是～

Anak saya ingin menjadi pilot atau polisi.

我的孩子想要成為飛行員或是警察。

* anak saya　我的孩子（anak 孩子）
* ingin　想做～（書面體、標準用語）
* menjadi　成為～
* pilot　飛行員
* polisi　警察

4 alias　～又稱為、或是

Sinetron Negeri Ginseng alias sinetron buatan Korea sangat populer di Indonesia sekarang.

人參之國的電視劇，也就是來自韓國的電視劇，目前在印尼非常受歡迎。

* sinetron　電視劇
* Negeri Ginseng　人參之國
* buatan Korea　韓國產、韓國製的東西
* sangat populer　非常受歡迎
* sekarang　現在

7-4 目的

1 agar / supaya　為了讓～（英 in order to）〔supaya 比 agar 正式〕

Makan yang banyak agar cepat sembuh!

為了讓身體趕快好起來要多吃點。

* banyak　多
* makan　吃
* banyak(lah) makan　多吃點（-lah 溫和的命令）
* cepat　快點
* sembuh　轉好

2 biar　讓～、使～（英 let）

Masukkan daun pepaya biar dagingnya jadi empuk.

請利用木瓜葉讓肉更加柔軟。

* pakai　用（英 to use）
* daun　葉子
* pepaya　木瓜
* daging　肉
* dagingnya　（特定的）肉
* jadi　變得～
* empuk　（肉質）柔軟

請參考介系詞 6-6 目的 p214 untuk

7-5 轉折

1 tetapi　但是、然而〔口語：**tapi**〕

Saya ingin makan, tetapi tidak bisa karena sedang diet.

我也想吃東西，但是我正在減肥，所以不能吃。

我正在減肥>.<

* ingin 想要～（書面體、標準用語）
* makan 吃
* tetapi （口語 tapi）但是
* tidak bisa 無法
* karena 因為～
* sedang 正在～
* diet 減肥

2 namun　然而

Awalnya Bawang Merah dan ibunya sangat baik kepada Bawang Putih.

Namun, lama-kelamaan sifat asli mereka mulai kelihatan.

起初「Bawang Merah」與他的母親對「Bawang Putih」很好。
然而時間一長，他們的本性就開始顯露出來了。

– 取自 Bewang Merah dan Bewang Putih 的故事 –

* awalnya 起初
* baik 好的、（人）善良的
* kepada 對～
* lama-kelamaan 時間一長
* sifat 性格、傾向
* asli 真正的
* mulai 開始
* kelihatan 被看見
* awalnya 起初
* baik 好的、（人）善良的
* kepada 對～

sate kambing 烤羊肉串

③ namun demikian　不過

Tidak banyak orang Indonesia yang mengetahui Korea pada tahun 1980an. Namun demikian, kini banyak orang Indonesia yang mengunjungi Korea untuk berwisata.

1980年代沒什麼印尼人知道韓國。
不過，最近赴韓國觀光的人很多。

* kini　現在
* mengetahui　知道
* mengunjungi　造訪～
* berwisata　觀光

④ meski(pun) / walau(pun)　儘管～、就算～〔pun 強調〕

Meski(pun) saya belum bisa berbahasa Indonesia, saya akan berusaha keras sampai bisa.
儘管我的印尼語說得還不夠好，我還是會努力用功，直到能說好的那一天為止。

* belum bisa～　還無法～
* berbahasa Indonesia　說印尼語
* akan　將會～
* berusaha　努力
* berusaha keras　努力用功
* sampai bisa　直到能夠～

Aku iri kamu. Walaupun banyak makan, kamu tetap langsing.
我好羨慕你。你就算大吃大喝還是依然苗條。

• iri　羨慕
• banyak makan　大吃
• tetap　繼續（維持）
• langsing　苗條

⑤ meski(pun) demikian = walau(pun) demikian
即便如此

Tim Brazil bukanlah lawan yang mudah bagi tim sepakbola Indonesia. Meski(pun) demikian, tim Merah Putih mengakui bahwa mereka sudah siap menghadapi pertandingannya.

巴西隊對於印尼足球隊來說並不是能輕易對付的對手。
即便如此，印尼國家代表隊還是表示已經做好出戰的準備。

rendang 巴東地方小吃 '仁當'

* bukan + 名詞 不是～
* bukanlah （強調）並不是
* mudah 容易
* bagi 對於～來說
* sepak bola 足球
* mengakui 坦白、承認
* bahwa （英 that 子句）
* siap 準備好
* menghadapi 面對
* pertandingan 比賽

單字劃重點！ 印尼國家代表隊：tim Merah Putih

tim Merah Putih
印尼國家代表隊

印尼國家代表隊叫做 tim Merah Putih 或是 timnas (= tim nasional)。tim Merah Putih 象徵的是由 Merah 紅色與 Putih 白色所組成的印尼國旗。

6 padahal 　　枉顧～、儘管～

Dia tidak berterima kasih.

Padahal **sudah banyak mendapat bantuan selama ini.**

他不懂得感謝。
儘管那段時間他受了那麼多幫助。

* berterima kasih 表達謝意
* banyak mendapat 得到了很多～
* bantuan 幫助
* selama ini 那段時間

7 bagaimanapun 　　無論如何

Bagaimanapun **hasilnya, saya harus menerima.**

無論結果如何，我都該要接受。

* hasil 結果
* hasilnya 那個結果
* harus 應該要～
* menerima 接受（字根 terima）

8 bukan A (名詞) melainkan B(名詞) 　　不是（並非）A，而是 B

Dia bukan **penyanyi** melainkan **pemain sepak bola.**

他不是歌手，倒是個足球選手。

* penyanyi 歌手
* pemain 選手
* sepak bola 足球

⑨ bukan A (名詞) tetapi B (名詞)　不是 A，是 B

Dompet itu bukan **punyaku,** tetapi **punya temanku.**

那個錢包不是我的，是我朋友的。

* dompet 錢包
* punyaku = punya aku 我的
* punya temanku 我朋友的

⑩ tidak A (形容詞 / 動詞) tetapi B (形容詞 / 動詞)　不 A，但是 B

Dia tidak **pintar,** tetapi **rajin.**

他不聰明，但是很勤奮。

* pintar 聰明
* rajin 勤奮

Dia tidak makan daging, tetapi makan telur.
他不吃肉，但是吃雞蛋。

• makan 吃
• daging 肉
• telur 雞蛋

11 tidak hanya A (形容詞 / 動詞), tetapi juga B (形容詞 / 動詞) 除了 A，還 B

Pak Chen tidak hanya **bekerja lembur,**

tetapi juga **bekerja pada akhir minggu.**

陳部長除了加班，
周末時也還會工作。

* (bekerja) lembur　加班
* akhir minggu　周末
* pada　（置於時間前）在～ 標準用語

12 bukan hanya A (名詞), tetapi juga B (名詞) 不只是 A，連 B 也

Bukan hanya **orang Indonesia,** tetapi **orang asing** juga **bisa**

berpartisipasi.

不只是印尼人，連外國人也能參加。

* orang Indonesia　印尼人
* orang asing　外國人
* bisa　能夠～
* berpartisipasi　參加

7-6 時間

1 ketika　～的時候

Ketika saya pulang kerja semalam, tidak ada siapa-siapa di rumah.

昨天晚上下班的時候，我家一個人都沒有。

* pulang kerja　下班
* semalam　前一晚、昨天晚上
* di rumah　家裡

2 sementara　同時、一時之間

Pemerintah mengumumkan berlakunya kebijakan baru.

Sementara, masyarakat belum siap menerimanya.

政府公佈新政策生效，
但民眾一時之間還沒有準備好接受這個新政策。

* pemerintah　政府
* mengumumkan　發表
* berlakunya　生效
* kebijakan　政策
* kebijakan baru　新政策
* masyarakat　民眾
* belum siap　尚未準備好
* menerimanya　接受～（＝ menerima kebijakan baru itu 接受那個新政策）

3 untuk sementara　暫時、臨時

Suami saya bekerja untuk sementara di Indonesia.

我先生暫時在印尼工作。

* suami　丈夫

sambil ～的同時（還～）

Dia sedang mengambil program S3 sambil bekerja.

他工作的同時還在上博士課程。

* mengambil （英 to take）
* mengambil program S3　上博士課程
* bekerja　工作

program S1 學士課程：Strata 1 [satu]
program S2 碩士課程：Strata 2 [dua]
program S3 博士課程：Strata 3 [tiga]

• strata　（幾）樓、等級

5 **begitu** 一～就～、非常～

Begitu pulang kerja, saya langsung tidur karena capai.

一下班我就因為疲勞而馬上睡著了。

* pulang kerja　下班
* langsung　馬上
* tidur　睡覺
* karena　因為～
* capai　疲勞

Pemandangan alamnya begitu indah.
自然景觀非常美。

• pemandangan　風景
• alam　自然
• indah　美麗

Saya tidak begitu suka daging ayam.
我不是很喜歡雞肉。

• suka　喜歡
• daging　肉
• ayam　雞
• daging ayam　雞肉

[6] seusai　　～一結束就

**Para pemain sandiwara itu turun dari panggung
seusai pertunjukannya.**

那些話劇演員公演一結束就下台了。

* para　～們
* pemain sandiwara　話劇演員
（sandiwra 話劇）
* turun　下來
* dari　從～
* panggung　舞台
* pertunjukan　公演
* pertunjukannya = pertunjukan mereka　他們的公演

[7] kemudian　　然後、接下來〔與前後步驟有關〕

Bersihkan sawi putih. Kemudian, taburi garam.

先清洗白菜。接下來再灑上鹽巴。

* bersihkan　請清洗
* bersih　乾淨
* sawi putih　白菜
* taburi　請灑
* tabur　灑
* garam　鹽

[8] lalu　　然後、接下來

Belok kiri di perempatan.　Lalu berjalanlah sekitar 5 menit.

請在十字路口左轉。然後再走5分鐘左右。

* belok　轉彎（英 to turn）
* belok kiri　往左邊轉
* perempatan　十字路口
* berjalanlah　請走
* sekitar　～左右
* 5[lima] menit　5分鐘

9 dari ~ sampai　從～到～

Saya biasanya tidur dari jam 11 malam sampai jam 6 pagi.

我通常從晚上11點睡到早上6點。

* biasanya　通常
* tidur　睡覺
* jam 11[sebelas] malam　晚上11點
* sampai　直到～
* jam 6[enam] pagi　早上6點

10 mulai dari ~ sampai ~　從～開始，到～為止

Acaranya berlangsung mulai dari 11 November sampai 20 Desember.

這個活動從11月11日開始，進行到12月20日。

* acara　活動
* berlangsung　進行
* 11(sebelas)
* 20(dua puluh)

11 selesai + 動詞　～結束後、～之後

Selesai mengikuti rapat, mereka makan siang bersama-sama.

參加完會議之後，他們全體一起吃了午餐。

* mengikuti rapat　參加會議
* makan siang　吃午餐
* bersama-sama　全部一起

7-7 條件

① jika = kalau = jikalau　如果～（英 if）　〔kalau 日常口語 jika 書面，標準用語〕

Kapan-kapan, kalau ada waktu, kita makan bareng, ya.

找個時間，有空的話一起吃個飯吧～

* ada waktu　有時間
* makan bareng　一起吃飯（非格式）

② apabila　如果～、萬一

Apabila terjadi kecelakaan, kami akan bertanggung jawab.

萬一發生意外事故，我們會負起責任。

* terjadi　發生
* kecelakaan　意外事故
* bertanggung jawab　負責任

③ kalaupun　　　　就算～也～（英 even if）

Katanya mantan pacarmu pengin balikan sama kamu, ya?

聽說你前男友想跟你復合，真的嗎？

Entahlah. Kalaupun iya, aku yang enggak mau.

這個嘛。我不清楚。不過就算他想，我也不願意。

* pacar　戀人
* mantan pacar　前男友／女友
* pacarmu = pacar kamu　你的戀人
* pengin　想要～ 口語
* balikan　復合
* sama　和～

④ asal(kan)　　　　只要～就～

Kamu boleh cuti, asal(=asalkan) kamu sudah menyelesaikan pekerjaanmu.

你只要完成你的工作就可以休年假了。

* boleh　可以～
* cuti　休年假
* menyelesaikan　完成～、結束～
* pekerjaanmu = pekerjaan kamu　你的工作

⑤ seandainya = andaikata　　　　（萬一）～的話〔想像與現在不同的狀況〕

Seandainya saya bisa ke Amerika lagi....

要是可以再去一次美國的話…（實際上是處於無法去美國的狀況）

* lagi　又、再

7-8 添加

1 di samping itu   在（位置）旁、還有

Di samping gedung itu ada toko alat tulis.

那棟建築物旁邊有家文具店。

* gedung 建築物
* toko alat tulis 文具店

Rumah sakit itu mempunyai peralatan medis yang canggih.
Di samping itu, mereka memberikan pelayanan khusus wanita dan anak.

那家醫院擁有尖端醫療儀器，還有提供女性與兒童的專屬服務。

- rumah sakit 醫院
- mempunyai 擁有（英 to have）
- peralatan medis 醫療儀器
- canggih 尖端的
- memberikan 給予～、提供～
- pelayanan 服務
- khusus 專屬於～的
- wanita 女性
- anak 兒童

2 selain itu / selain + (S) + V   還有／除了～還

Dia pernah bekerja sebagai sukarelawan di berbagai negara.
Selain itu, dia mendirikan rumah sakit khusus untuk anak yatim piatu.

他曾以志工身份在許多國家工作。
除此之外，他還為孤兒們設立了醫院。

* pernah 曾經～過
* bekerja 工作
* sebagai 以～（資格）
* sukarelawan 志工
* berbagai 許多、各種
* negara 國家
* mendirikan 設立～、蓋～
* anak yatim piatu 孤兒

Selain terkenal sebagai kota wisata, Yogyakarta juga terkenal sebagai kota pendidikan.

除了是有名的觀光都市，日惹也是個有名的教育都市。

- terkenal 有名
- kota wisata 觀光都市（kota 都市）
- juga ～也
- kota pendidkan 教育都市

③ apalagi　加上、而且、不但～也

Dia cerdas dan rajin. Apalagi **dia sudah banyak berpengalaman di bidang ini.**

他既聰明又勤奮。而且在這個領域的經驗也很豐富。

* cerdas 聰穎
* rajin 勤奮
* banyak berpengalaman 經驗豐富
* pengalaman 經驗
* bidang 領域

聰明　➕　勤奮　➕　apalagi　➕　經驗豐富

列出的東西有一貫性，形成程度統一的並列構造。

Tinggal di Jakarta sangat melelahkan.
Setiap hari macet, apalagi banyak polusi.

在雅加達生活很辛苦。
不但每天塞車，空氣汙染也很嚴重。

- tinggal di 在～生活
- sangat 非常
- melelahkan 辛苦，累
- setiap hari 每天
- macet （路上）堵塞
- banyak 多
- polusi 空氣汙染

塞車　➕ apalagi ➕　空氣不好

kemacetan 交通堵塞

4 lagipula (=lagian, tambahan lagi) 而且、再説

Jangan pusing mikirin laporannya.

Lagian kan bos sudah bilang laporannya tidak perlu direvisi.

不要一直想報告書想到頭痛。
而且上司不是説過沒有必要修正嘛。

* pusing 頭痛
* mikirin 想著〜（ 標準用語 memikirkan）
* laporan 報告書
* bos 上司
* bilang 説
* tidak perlu 沒有必要〜
* revisi 修正（政策、報告書等內容）
* direvisi 被修正的
請參考 mengoreksi 修正（謬誤）（ 字根 koreksi）

口語 更常使用 lagian
（強調話者的主張與理由，勸誘對方去做某事）

5 baik A (名詞) maupun B (名詞) 不只 A，B 也

Baik anak-anak maupun orang dewasa sama-sama
menyukai sinetron Jepang.

不只是小孩子們，大人也都喜歡日本電視劇。

* anak-anak 小孩子們
* dewasa 成人
* sama-sama 兩者都、都一樣
* menyukai 喜歡
* sinetron 電視劇
* Jepang 日本

6 bahkan 甚至（還～）

Pada saat terkena serangan jantung, beliau dalam keadaan sehat. Bahkan beliau baru saja selesai bermain sepak bola dengan kawan-kawannya.

在罹患心臟麻痺之前，他的狀態很健康。
他甚至才剛與同事們踢完足球。

啊！踢歪了；；；

* terkena　得～，患～
* serangan jantung　心臟麻痺
* beliau　那位先生／女士、他
* dalam keadaan sehat　處於健康的狀態
* baru saja　前夕
* selesai + 動詞
* bermain sepak bola　踢足球
* dengan　與～（英 with）
* kawan-kawannya　與其友人

7-9 比較

1 seperti — 與～一樣的、就像～

Saya pengin gaya rambut seperti ini.

我想做這樣的髮型。

* pengin：ingin 的非格式日常口語 想要～、希望可以～
* gaya rambut 髮型
* seperti ini 這種、像這樣的

2 sebagaimana — 與～一樣地、就像

Sebagaimana dijelaskan tadi,

Komodo di Indonesia semakin langka.

就像我先前所說明的，
印尼的科摩多巨蜥正在逐漸走向絕種。

* dijelaskan 說明
* tadi 先前
* semakin 逐漸地～
* langka 稀有、幾乎找不到

3 bagaikan （就像）～一樣（譬喻）

Mereka selalu berantem bagaikan anjing dan kucing.

他們總是像貓與狗一樣成天打鬧。

* selalu 總是
* berantem 打鬧
* anjing 狗
* kucing 貓

4 seolah-olah = seakan-akan
（與現在的狀態或事實不同）就像～一般

Dia berbicara seolah-olah dialah yang paling pintar sedunia.

他說得就像自己就是世界上最聰明的人一樣。

* berbiacara （英 to speak）說
* dia 他、她
* paling 最
* pintar 聰明
* sedunia 全世界＝ seluruh dunia

7-10 道具 / 方法

① dengan　與～、以～（英 with, by）

dengan + 人　　　　　　　　　　　　與～

Dia baru pergi dengan temannya.
我現在正要與朋友出去。

- baru + 動詞 現在正要～
- pergi 去（某處）
- dengan temannya 與其友人
- sama 口語 和～＝dengan

dengan naik + 交通工具　　　　　　　搭乘～

Saya ke sekolah dengan naik bus.
我搭公車去學校。

- (pergi) ke 去～
- sekolah 學校
- naik 搭乘

dengan + 道具　　　　　　　　　　　用～

Dia menulis dengan pensil.
他用鉛筆寫作。

- menulis 寫
- pensil 鉛筆

dengan + 動詞　　　　　　　　由於～、憑著～

Hanya dengan mengedipkan matanya,
dia berhasil melelehkan hatiku.
僅僅只憑一個眨眼，他就成功融化了我的心。

- hanya 僅只
- hanya dengan 只憑～
- mengedipkan mata 眨眼
- berhasil 做到了～、成功
- melelehkan 融化了～
- hati 心
- hatiku 我的心（＝ hati aku）

2 kecuali 除了～、排除（英 except for, except that）

Semua akan ikut kecuali **Pak Chen.**

除了陳先生以外全部都會參加（會一起去）。

* semua 全部
* akan 將會～

3 tanpa 沒有～（英 without）

Hidupku tidak berarti tanpa**mu.**

我的人生沒有你就沒了意義。

* hidupku = hidup aku 我的人生
* berarti 有意義、意味著～
* tanpamu = tanpa + kamu 沒有你

4 secara + 形容詞 ～地、以～方法

secara jelas　　　　　　　　　　　　　　確實地、清楚地

Pemerintah belum menerangkan soal itu secara jelas.
政府尚未確實説明那個問題。

• pemerintah 政府
• menerangkan 説明、闡明
• soal 問題

secara adil　　　　　　　　　　　　　　　公正地

Para juri harus menilai secara adil.
評審委員應公正地給予評價。

• juri 評審委員
• para juri 評審委員們
• menilai 給予評價

Kedua negara itu akan melakukan perundingan secara damai.
兩國將和平地進行會談。

• kedua negara 兩國

• akan 即將～

• melakukan perundingan 進行會議

5 dalam 在～上、在～時

Dia pantang menyerah dalam mencapai cita-citanya.
他在實現夢想時從不曾放棄。

* pantang menyerah 不放棄

* mencapai 實現～

* cita-cita 夢想

Dalam rangka apa? 為了什麼事？

A : Saya (pergi) ke Jepang minggu depan.
　　我下週要去日本。

B : Oh, ya? Dalam rangka apa?
　　啊，是嗎？你為什麼要去（日本）？

A : Ada konferensi internasional.
　　因為有個國際會議。

• minggu depan 下週

• konferensi 會議

• konferensi internasional
國際會議

7-11 舉例

1 misalnya= contohnya = seumpamanya 舉例來説、例如

Untuk menunda proses penuaan

banyak hal yang bisa dilakukan.

Misalnya, berolahraga secara teratur atau makan sehat.

欲延緩老化有很多事可以去身體力行。
例如規律地運動或是健康飲食。

* menunda 延期（**字根** tunda）

* proses 程序、過程

* penuaan 老化

* hal ～的（東西）

* banyak hal 很多東西

* dilakukan 實踐

* hal yang bisa dilakukan 可以做的

* berolahraga 運動

* secara teratur 規律地

* atau 還有、或

* makan sehat 健康飲食

2 salah satunya (adalah) ～的其中之一是～

Banyak grup penyanyi Korea populer di negara-negara Asia

Tenggara. Salah satunya (adalah) TWICE.

有許多韓國團體歌手都在東南亞很受歡迎。
其中之一是 TWICE。

* grup 團體

* penyanyi 歌手

* populer 受歡迎

* negara-negara 國家（複數）

* Asia Tenggara 東南亞

③ yaitu = yakni　　即、就是

Ada lima pulau besar di Indonesia, yaitu Jawa,
Sumatera, Kalimantan, Sulawesi, dan Papua.

印尼有五個大島，就是爪哇、蘇門答臘、加里曼丹、蘇拉威西以及巴布亞。

* ada 有
* pulau 島
* pulau besar 大島

④ antara lain A　　其中包括 A（英 among）

Universitas itu membuka program baru, antara lain bahasa
Belanda, bahasa Jerman dan bahasa Thailand.

那所大學開設了新的課程，其中包括荷蘭語、德語和泰語。

* universitas 大學
* membuka 開設
* program baru 新課程
* bahasa 語言

7-12 轉換

1 justru （反而）就是～

Hari ini pasti banyak orang di sana. Kita tidak usah ke sana, di rumah saja, ya.

今天那邊人一定很多。不要去那裡，待在家吧。

Justru karena itu, kita harus ke sana. Kalau banyak orang, lebih seru.

就是因為這樣才要去啊。人多的話更好玩。

* hari ini 今天
* pasti 一定（斷言、保證）
* di sana 在那裡
* rumah 家
* karena itu 因為這樣
* banyak orang 人多
* lebih seru 更好玩、更興奮

2 malah （與所想的相反）反而、其實

Kapan mau pinjam tasku?

你什麼時候要借我的包包？

* kapan 什麼時候
* mau 要～
* pinjam 借
* tas 包包
* tasku＝tas aku 我的包包

Enggak jadi. Bawa dua tas malah repot.

我不打算借了。我覺得帶兩個包包去反而會更麻煩。

* enggak jadi (＝tidak jadi) 不打算～了、取消
* bawa 拿去、拿來
* repot 麻煩

7-13 其他

1 bahwa　　與英文的 that 子句類似

Bupati Kabupaten tersebut menambahkan bahwa dia akan membangun perpustakaan umum di daerahnya.

郡守又補充說到，將在該地區設立公共圖書館。

* bupati 郡守
* Kabupten 郡
* tersebut （英 mentioned, the）曾提到過的
* menambahkan 補充～
* membangun 設立～
* perpustakaan 圖書館
* umum 公共的
* daerah 地區

2 sebagai　　以～（資格）

Beliau itu sudah lama bekerja sebagai sukarelawan di Afrika.

他已經在非洲以志工身份工作很久了。

* beliau itu 那位先生／女士、他
* sudah lama （已經）很久了
* bekerja 工作
* sukarelawan 志工

3 menurut 　根據～（英 according to～）

Menurut hasil penelitian, orang cerdas
cenderung jarang mengambil cuti sakit.

根據研究結果，聰明的人幾乎不請病假。

* hasil 結果
* penelitian 研究
* cerdas 聰明
* cenderung 有～傾向
* jarang 幾乎不～
* mengambil cuti 休假、放年假
* sakit 生病
* cuti sakit 病假

4 berdasarkan　依照～、以～為基礎（英 based on）

Berdasarkan hasil analisis data tersebut,
konsumen memiliki perilaku yang berbeda-beda.

依照該分析結果顯示，消費者各有其不同的行為模式。

* hasil 結果
* analisis 分析
* data 資料
* konsumen 消費者
* memiliki 擁有～
* perilaku 行為（模式）
* berbeda-beda （各自）不同

⑤ sehubungan dengan itu　與其相關

Sehubungan dengan itu, tim pengacara akan melakukan tindak lanjut untuk menyelesaikan masalahnya.

有關該事件，法務組將採取後續措施以解決問題。

* tim pengacara　法務組、律師團
* pengacara　律師
* melakukan　執行～
* tindak lanjut　後續措施
* menyelesaikan masalah　解決問題

⑥ dengan kata lain　換句話說

Pantai-pantai di daerah Gunung Kidul sedang naik daun. **Dengan kata lain**, tak henti-hentinya orang berkunjung ke pantai indah di daerah tersebut.

「基杜爾山」地區的海邊一直很受歡迎。
換句話說，造訪「基杜爾山」地區美麗大海的人們絡繹不絕。

* pantai　海邊
* daerah　地區
* sedang naik daun　一直很受歡迎
* tak henti-hentinya　絡繹不絕
* berkunjung ke　造訪～
* indah　美麗

7 termasuk 包括～、除了～還有（英 including）

Beberapa pemimpin negara dari Asia Tenggara termasuk **Indonesia akan berkumpul di Amerika.**

除了印尼，還有幾位東南亞國家元首會在美國聚會。

* pemimpin negara 國家元首、總統
* Asia Tenggara 東南亞
* berkumpul di 在～集合

8 sekaligus 不但～也、不但是～也是

Dia adalah pengusaha sukses sekaligus **profesor yang dihormati.**

他不但是位成功的企業家、也是位受人尊敬的教授。

* pengusaha 企業家
* pengusaha sukses 成功的企業家
* profesor 教授
* profesor yang dihormati 受人尊敬的教授

跟著國際學村第二外語書系，
走向世界超輕鬆！
一書在手，就能輕易上社群網站征服全世界！

超
入
門
基
礎
好
學

最好學的印尼語入門書
我的第一本
印尼語課本
本書適用完全初學、從零開始的印尼文學習者！
INDONESIAN made easy!
作者／Lee, joo-yeon
定價／399 元

最有趣、好學的日語入門書
我的第一本
日語課本
本書適用完全初學、從零開始的日文學習者！

JAPANESE made easy!
作者／奧村裕次、林旦妃
定價／350 元

最好學的法語入門書
我的第一本
法語課本
本書適用完全初學、從零開始的法文學習者！

FRENCH made easy!
作者／朴鎮亨
定價／350 元

最好學的西班牙語入門書
我的第一本
西班牙語課本
本書適用完全初學、從零開始的西班牙文學習者！
SPANISH made easy!
作者／姜在玉
定價／399 元

最好學的越南語入門書
我的第一本
越南語課本
本書適用完全初學、從零開始的越南文學習者！

VIETNAMESE made easy!
作者／Nguyễn Thị Thu Hằng
定價／399 元

最好學的韓語入門書
我的第一本
韓語課本
本書適用完全初學、從零開始的韓文學習者！

KOREAN made easy!
作者／朴鎮亨
定價／399 元

延伸閱讀

台灣廣廈 國際出版集團
Taiwan Mansion International Group

國家圖書館出版品預行編目（CIP）資料

我的第一本印尼語文法 / 閔善熙著.
-- 初版. -- 新北市：國際學村, 2017.07
　　面；　公分.
　　ISBN 978-986-454-046-4（平裝）
　　1.印尼語　2.語法

803.9116　　　　　　　　　106007261

 國際學村

我的第一本印尼語文法

作　　者／閔善熙	編輯中心／第六編輯室	
審　　定／陳菀耘	編 輯 長／伍峻宏・編輯／王文強	
	封面設計／何偉凱・內頁排版／菩薩蠻數位文化有限公司	
	製版・印刷・裝訂／東豪・弼聖・明和	

發 行 人／江媛珍
法 律 顧 問／第一國際法律事務所 余淑杏律師・北辰著作權事務所 蕭雄淋律師
出　　版／台灣廣廈有聲圖書有限公司
　　　　　地址：新北市235中和區中山路二段359巷7號2樓
　　　　　電話：（886）2-2225-5777・傳真：（886）2-2225-8052

行企研發中心總監／陳冠蒨　　　　線上學習中心總監／陳冠蒨
媒體公關組／陳柔�　　　　　產品企製組／黃雅鈴
綜合業務組／何欣穎

代理印務・全球總經銷／知遠文化事業有限公司
　　　　　地址：新北市222深坑區北深路三段155巷25號5樓
　　　　　電話：（886）2-2664-8800・傳真：（886）2-2664-8801
郵 政 劃 撥／劃撥帳號：18836722
　　　　　劃撥戶名：知遠文化事業有限公司（※單次購書金額未達1000元，請另付70元郵資。）

■出版日期：2023年02月3刷
ISBN：978-986-454-046-4　　　版權所有，未經同意不得重製、轉載、翻印。